探路人生

——做人 做事 做学问

叶文培/著

云南大学出版社
YUNNAN UNIVERSITY PRESS

图书在版编目（CIP）数据

探路人生：做人　做事　做学问 / 叶文培著. -- 昆明：云南大学出版社，2018（2020重印）
ISBN 978-7-5482-3403-6

Ⅰ. ①探… Ⅱ. ①叶… Ⅲ. ①故事－作品集－中国－当代 Ⅳ. ①I247.81

中国版本图书馆CIP数据核字(2018)第146174号

策　　划：吕　君　段　然
责任编辑：严永欢
封面设计：庄海萌
封面篆刻：薛洪年

探路人生

——做人　做事　做学问

叶文培　著

出版发行：云南大学出版社
印　　装：昆明理煌印务有限公司
开　　本：889mm×1194mm　1/32
印　　张：5.375
字　　数：85千
版　　次：2018年8月第1版
印　　次：2020年6月第8次印刷
书　　号：ISBN 978-7-5482-3403-6
定　　价：43.00 元

社　　址：昆明市一二一大街182号（云南大学东陆校区英华园内）
邮　　编：650091
电　　话：（0871）65031070　65033244　65031071
网　　址：http://www.ynup.com
E-mail：market@ynup.com

若发现本书有印装质量问题，请与印厂联系调换，联系电话：0871-64167045。

作者简介

叶文培，男，1961年8月生，云南宣威人。退休军人，历任战士、学员、排长、参谋、连长、股长、营长、科长、团长、军分区参谋长、军分区司令员、省军区副参谋长等职。从军三十九个年头，长期在基层工作、长期在部队带兵、长期从事部队军事工作和管理工作。多次立功受奖，个人被师表彰为"爱兵模范"，被集团军表彰为"优秀共产党员"，被原成都军区表彰为"优秀旅团主官""营房建设先进个人"，被原中国人民解放军四总部表彰为"优秀指挥军官"；所带连、营、团多次被团、师、集团军表彰为"先进单位"，被原成都军区表彰为"全面建设先进旅团级单位"，被原总后勤部表彰为"营房建设先进单位"；在军分区工作期间多项工作被上级表彰。所在单位和个人多次参加重大军事演习，出色完成各种试验论证、维稳处突、拉萨戒严、抢险救灾等任务。

前　言

我是一个退休军人，高中毕业后就跨入了军营，在部队一干就是三十九个年头，算是职业军人了。在部队一直是个带兵的人，常年带兵练兵、摸爬滚打。所思所想都是履好职责、带好部队，努力做到"上不愧党，下不愧兵"，从来没想过要写文章。

有一次参加学习教育，听领导讲课。课讲得很好、很有水平，但脑子里突然联想到讲课者为人为官的一些传闻，我无意识地在笔记本上写下了"大奸大伪何以为师"几个字。后来每每看到这几个字，就有一种想要写点什么、表达点什么的冲动。

经过一段时间的思考，觉得结合我在部队这些年学习和工作的体会，结合所看到所经历的一些做人、做事的经验教训和所领悟的一些人生哲理，写一点能够教育、帮助孩子的东西给我的女儿、女婿和侄儿、侄女们也挺好。于是，就有了本书的初稿。孩子们看了以后觉得对他们的帮助、教育、启发还是挺大的，对他们走好人生道路有很好的借鉴和指导意义。后来，我又请几位老领导、老朋友给予点拨、指导，他们看了以后，认为都是正能量，有思想、有价值，对干事创业的人，尤其是年轻人会很有帮助，建议我加以修改、拓展后发表。在他们的支持鼓励下，我做了些修改调整。在此，要特别感谢石香元（原沈阳军区、成都军区副司令员）、张建华（原成都军区政治部副主任）、申万胜（原解放军艺术学院院长、中国书法家协会副主席）等首长，以及川大李虹校长、华东师大梅兵校长、云南省文联郑明主席、四川省杨冬生厅长、内江市戴震主席等朋友，还有我的同学、战友、兄弟四川省军区凉山军分区叶佩政委。

　　"探路人生"这个题目实在太大了，但我苦于找不到合适的题目。因为所涉及的内容是为人、做事、学习实践方面的，也是关于人生道路探索讨论方面的，如果用"立身做人、干事创业、学习修养"作标题,似乎又散了点、长了点,而且不能涵盖其内容、表达其意思。所以,我就围绕做人、做事、做学问考虑,开始用"人生之路",最后用了"探路人生"作为标题。其中有些观点可能比较激进,对很多问题的理解可能太过于"个性化",有些看法可能很片面,但我觉得直抒己见比讳莫如深或者含沙射影好。丑媳妇总是要见公婆的,就直接端出来了,有"关公面前舞大刀"的感觉,也有"冒天下之大不韪"的忐忑。

由于本人不是搞文化研究的学者,也不是写文章的作家,而所写的内容又回避不了传统文化问题,于是干脆就自说自话、信马由缰地冲一回。由于底蕴不够、才疏学浅、领悟有限加之不懂相关的规矩,书中难免有不少谬误,敬请批评指正。

叶文培

2018年3月于成都

目　录

第一章　做　人 | 001

一、德，就是道德、品行 | 007

二、爱，就是有深挚的感情 | 013

三、善，就是善良、友好 | 020

四、真，就是真实，不假、不伪 | 025

五、忠，就是忠诚 | 036

第二章　做　事 | 054

一、择　业 | 056

二、敬　业 | 060

三、事　业 | 071

第三章 做学问 | 100

　　一、养成终身学习的良好习惯 | 101

　　二、养成学以致用、躬身实践的良好习惯 | 118

　　三、养成追求精神品质的人生态度 | 125

后　记 | 141

第一章　做　人

当今时代是知识经济时代、信息时代、网络时代，是思维观念大变革、生产力大发展、生活水平大提升的时代。人性的解放、个性的张扬、思想的活跃、价值的多元前所未有，科技的创新、变革的迅猛、交往的广泛、知识的暴增前所未有，社会的繁荣、财富的积累、生活方式的丰富多彩前所未有。但从人性和社会的角度看，不少人道德沦丧、行为失范、欲壑难填，坑蒙拐骗并用、大奸大伪横行。文化大激荡、思想大解放、功利大比拼是时代的基本特征，相当一些人崇拜的是大富大贵，信奉的是实用主义，相信钱权能使鬼推磨，价值取向成王败寇、有奶便是娘。

这样的现象让过往的思想家、先贤先哲们始料不及。"功利"二字犹如洪水猛兽，它吞噬了一些人的良知和道德，刺激了人们的贪欲和狂妄，践踏了社会的尊严和底线；它让权力和金钱疯狂劲舞，礼义和廉耻黯然失色；它让一切高尚、道德、修养都那么不堪一击，公平、公正、公道逃之夭夭，良心道德和真善美蒙冤蒙羞。

有治国者窃国的、有治政者乱政的、有治军者祸军的、有执法者枉法的、有传道者乱道的、有授业者毁业的。图出风头而调侃嬉戏文明历史，欲搏出名而贬损嘲弄英烈先哲，为谋私利而不顾人格尊严，尚一夜成名、梦暴富成真。

有的官员买官卖官、贪赃枉法，有的学者剽窃造假、沽名钓誉，有的艺人追名逐利、败坏风气，有的商人制假贩假、偷税逃税。争财产兄弟成仇，为利益夫妻反目，救落水者先谈条件，灭火灾前说好价钱。民风彪悍、暴力抗法，世风日下、见死不救，逢强暴而逃遁、遇贫弱而漠视，见利而忘义、笑贫不笑娼，真是有钱（有权）不问"英雄"出处了。

沧海横流、人世代谢。若任如此世风横行，凭这扭曲价值疯长，我辈何以对先贤先哲？何以对后人后世？何以对我礼仪之邦之先祖？何以对文明古国子孙？当仔细思量！

以习近平同志为核心的党中央从抓作风、反腐败入手，以实现中华民族伟大复兴的中国梦为目标，提出了"三严三实""五位一体""四个全面"等治国方略，狠抓"四风"、整治党风、倡导家风；把弘扬华夏优秀传统文化、崇尚文明道德作为社会价值，以社会主义核心价值观凝聚社会共识；全力打击贪、腐、黑，无情鞭挞假、丑、恶，激浊扬清、荡涤污秽、厘清寰宇、振奋乾坤；努力营造遵纪守法、明礼知耻、崇德向善的社会氛围，全面弘扬文明古国、礼仪之邦的核心价值。

纵观人类文明史，但凡兴旺之民族、兴盛之文化，莫不以价值认同昂扬向上、文化取向激越奋进、宗教信仰坚定虔诚、探索创新奔涌不息、社会和谐包容而兴。再观当今之状，许多人价值认同紊乱、信仰信念缺失、功利思想突出、享乐主义横行，勤劳奋斗之传统美德已然丢失，爱国忠恕之民族品德已然不彰。中华民族的传统美德、灿烂优秀的华夏文明何以传承？需要我辈担承。

春秋时期鲁国大夫叔孙豹说，通向不朽的道路有三条，一是立功、二是立德、三是立言。立功可分大小，可以为民族、为国家立功，也可以为团体、为家庭立功，所以绝大多数人是可以做到的；立德就难了，没有很高深的德行是很难做到的；立言就更难了，不是极伟大的领袖级人物或大哲学家、大艺术家是不可能留言后世、通向不朽的。因此，绝大多数人是不可能做到不朽的。但只要勤勤勉勉、踏踏实实，不整人、不害人，每个人都可以做出对家庭、对亲人有益的业绩，如果能够注重修身立德，绝大多数人都可以做出对时代有益、对社会有益、对家庭有益，与自己所具有的能力素质、智慧才华相匹配的成就。这就是做人、做事、做学问。

何以做人？这是为人之道。人人都面对，人人在其中，甚至人人都在讲，但许多人却未必认真思考过。俗话说：人上一百，形形色色。如何做人，这与每个人所处的时代背景、所达到的教育程度、所享有的生活条件、所接受的价值认同、所具有的精神境界等相关。每个人有每个人的处世原则，每个人有每个人的行为方式，千差万别。但作为一个"人"，他的为人处世必然有一条可循的价值"法则"，这条"法则"就是为人之"道"。关于为人之"道"的探索，自古以来就从未停歇过，古今中外许许多多的先贤先哲各有精深的见解，这些见解汇集成了人类文明的智慧精华。

我国先秦的诸子百家、历朝历代的国学大师都立言于后世。而广为人们崇尚认可的，如《大学》有载："古之欲明明德于天下者，先治其国；欲治其国者，先齐其家；欲齐其家者，先修其身；欲修其身者，先正其心；欲正其心者，先诚其意；欲诚其意者，先致其知；致知在格物。格物而后知至，知至而后意诚，意诚而后心正，心正而后身修，身修而后家齐，家齐而后国治，国治而后天下平。自天子以至于庶人，壹是皆以修身为本。"这段话是中国士大夫几千年来始终不渝追求的入世价值：修身、齐家、治国、平天下；儒家提出的"仁、义、礼、智、信""温、良、恭、俭、让"成为华夏文明的普世价值，世代相传；还有兵家提出的"智、信、仁、勇、严"、道家提出的"道"、古希腊的"节制、勇敢、智慧、公正"等等，可以说都是人类探寻思索人性之精华，皆为"为人之道"，也是做人的必修之课。

人为什么要修为呢？我国春秋时期先贤荀子认为"人性恶"，他说，人生下来就"目好色（眼睛爱看好看的颜色）、耳好听（耳朵爱听赞美的话）、口好味（嘴巴爱吃味道鲜美的食物）、心好利（心里喜欢各种利益）"，他提出要"明礼仪以化之、起法正以治之、严刑法以禁之"。他还说："青，取之于蓝，而青于蓝。冰，水为之，而寒于水。"都充分说明了人以修为而克服人性天生之不足，从而升华人性境界的极端重要性。

时代在发展，理念在变化。怎么治愈当今时代价值取向多元所带来的功利思想横行、社会风气涣散之病根呢？我以为，应该在孕育我中华民族五千年的灿烂文明中寻根溯源、寻求良方、寻找答案。

切脉当今之时弊，面对当今文明发展的滚滚洪流，结合当今时代的多元价值，在全面继承和弘扬我华夏文明、礼仪之邦优秀传统文化和人类优秀文明的基础上，应重点突出——德、爱、善、真、忠。

一、德，就是道德、品行

德，是中华民族最重要的价值观，也是为人之道，人无"德"不立、国无"德"不昌。古往今来，无论是儒家、道家还是释家、墨家等，都把"德"作为修为的首要标准。为人讲品德、为官讲官德、为师讲师德、从艺讲艺德、习武讲武德。可以说，只要为人，就不能缺德、无德。

《中庸》讲："大德必得其位、必得其禄、必得其名、必得其寿。"古人说："智慧之巅是德行。"《周易》讲："天行健，君子以自强不息；地势坤，君子以厚德载物。"这些无不说明"德"是为人之道、立世之本、事业之基。

华夏之德源远流长、代代相传。在过去，一是每个家族都有供奉祖宗的祠堂，逢重要节日、重大喜事、处罚乱道缺德者等等时都要召集族人、面对先祖，习规明德。二是各地也都有供奉圣贤先师的孔庙，启蒙上学、考试中榜、入仕升迁等都要上香敬师，拜圣宣德。三是村社都有供奉阎王的城隍庙，对乱道缺德者死后要下十八层地狱的种种刑罚描绘，以警示人们要遵规守德。此外，还有国法军纪、江湖行规、乡规民约、宗法族规、祖训家法等等。让人从小就耳闻目染，接受道德教育，对遵法守德者顶礼膜拜、虔诚信奉，使崇德守法成为中华民族的传统美德、核心价值。

这种崇德向善的社会价值曾远播四海、滋养万邦，成为最优秀的人类文明之一——东方文明。但随着我国封建王朝的腐朽没落，重人文轻科技、夜郎自大、闭关锁国，封建统治走到了尽头，直至被列强的坚船利炮轰开了国门，受到了列强的欺凌宰割、侵吞霸占。同胞受蹂躏、国家受践踏，山河破碎、民族危亡。为寻求救国救民之路，中华民族无数的优秀子孙抛头颅洒热血，前赴后继、上下求索。但由于时代和认识的局限，把落后挨打、贫穷受侮的原因通通归咎于封建统治、儒家文化、孔孟之道。以反帝国主义、反封建主义为旗帜的"五四"运动，把儒家文化和孔孟之道归类于封建主义，提出了"打倒孔家店"的口号；中华人民共和国成立后，把儒家文化和孔孟之道归为"封、资、修"进行无情批判。特别是"文化大革命"期间"批林批孔",又不问青红皂白地把孔庙、祠堂、城隍庙等等当作"四旧"给彻底砸了（虽然儒家文化、孔孟之道也有其糟粕，但有很多是人类文明、人类智慧的精华）。这些行为埋下了影响极为深远的祸根，使几千年来深深植根于中华民族心灵的神圣殿堂崩塌了，把世世代代滋养华夏子孙的儒家思想和道德价值也给摧毁了。这就致使我们许多人进入了没有信仰、没有敬畏、没有核心价值观的激进、盲目状态。人云亦云、随波逐流，不辨是非、盲目从众。

随着20世纪的改革开放，各种科学、技术、文化、价值、思潮等等大量涌入国内，国人眼界大开。这既开阔了国人的思路，又大大激活了国人的创造力，极大地推进了中国的发展，前所未有地提升了人民生活水平和综合国力。但另一方面，"月亮都是外国的圆"，很多人几乎是良莠不分、全盘接纳。这极大地冲击了民族传统和道德价值，个人主义、功利主义、享乐主义走上前台，一些人的义利观、道德观、价值观、荣辱观被颠覆、被扭曲，功利主义思想恶性膨胀：只认钱不认人，只要利不要脸，只要成功不择手段，只管自己不顾公德；有的人既卖艺又卖身，既当官又捞钱，既执法又违法，既当裁判员又当运动员，既骂别人缺德自己又践踏道德，既捞好处又立牌坊。

面对社会道德决堤溃坝的现实，如何重塑中华民族的传统美德？如何振兴礼仪之邦的灿烂文明？如何把现代国家治理理念与传统道德、伦理价值有机整合起来？这是事关中华民族伟大复兴的重大现实问题，也是事关五千年华夏文明传承的重大现实问题。对于这个问题，从中央到地方、从院校到学术机构、从学者到官员、从有识之士到普通民众无不深感忧虑，对缺德、失德的社会现象无不扼腕叹息、痛心疾首。

社会呼唤道德！时代呼唤道德！中华民族伟大复兴呼唤道德！

道德的重塑和培育要从我做起，从每一人每一事做起，从做老实人、说老实话、办老实事做起。

各级官员、公职人员和国家、社会治理者是道德的示范者、维护者。子曰："以政以德，譬如北辰，居其所而众星拱之"，"道之以政，齐之以刑，民免而无耻；道之以德，齐之以礼，有耻且格。"他们的人生观、价值观、政绩观、道德标准最直接、最广泛、最有力地引领和示范于社会。因此，必须从他们抓起、从他们做起。从孔圣人的"己所不欲，勿施于人""己欲立而立人，己欲达而达人"践行起，遵礼守礼，"非礼勿视，非礼勿听，非礼勿言，非礼勿动"，用行为和示范来引领人、用道德和恩泽来感化人、用思想和信仰来凝聚人、用德政和正能量来鼓舞人、用法律和制度来规范人。

各类学者、艺术家和宣传部门、各种媒体是道德的倡导者、传播者，是精神产品的制造者。孟子说："是以惟仁者宜在高位，不仁者在高位，是播其恶于众也。"他们的价值取向、行为规范、宣传导向、道德水平具有导向性和风向标式，示范并影响着社会，必须从他们做起。"上好礼，则民莫敢不敬；上好义，则民莫敢不服；上好信，则民莫敢不用情。夫如是，则四方之民襁负其子而至矣。"要用昂扬激越的文化引领、高尚圣洁的精神境界、激越奋进的时代精神、真善美的艺术品质来宣传道德模范、弘扬道德文化、歌颂道德典范、赞美道德价值、树立道德风尚、营造道德氛围。

学校是道德的育婴室、策源地。"问渠哪得清如许，为有源头活水来。""人之初，性本善。"孩子"思无邪"，如同一张白纸，可以画最美的图画。各级学校要加大德育教育，用传统美德、道德文化、人文哲理来启蒙和培育孩子的道德价值，用礼义廉耻来教育引导孩子，用道德典范来引领、熏陶孩子，以师德师风来感召、示范孩子。培育他们的是非观念、美丑观念、善恶观念，使他们从小就明礼仪、知廉耻、晓公义、守法纪，使中华民族的传统美德深深植根于孩子的心灵，使孩子们逐步形成正确的人生观、奋斗观、道德观、价值观。

社会是道德的生长土壤、广阔天地。道德要成为人们普遍认同的社会价值，就必须得到全体社会成员的广泛认同。因此，要在全社会大力营造明礼知耻、崇德向善、尊老爱幼、诚信守法的社会氛围，坚决打击坑、蒙、拐、骗、假、丑、恶，大力弘扬勤、俭、敬、爱、真、善、美，培育社会的正义良知、文明风尚、公共道德、法治理念，使全社会形成鲜明的善恶观、美丑观、道德观、法制观，在全社会形成惩恶扬善、疾恶如仇、扶贫济困、崇德向善、遵纪守法的社会氛围。

只有各行各业、社会各界、全体社会成员都崇尚道德、维护道德、遵守道德，久久为功，道德才能"春风又绿江南岸"。传统美德就会在现代文明的历史承传中绽放异彩、弘扬光大，在中华民族伟大复兴的历史进程中荫及子孙、佑我中华。

二、爱，就是有深挚的感情

随着功利主义思想的疯狂蔓延，自私自利无情地吞噬着人们的爱，使许多人生活得十分茫然、十分浮躁，没有了方向感，心中失去了爱或者说失去了大爱。心里只有自私的爱、狭隘的爱，只爱自己的利益、只爱自己的成就、只爱自己的小圈子。

爱，有狭义和广义之分，广义的爱就是大爱。大爱就是热爱国家、热爱人民、热爱社会、热爱事业、热爱生活。

子曰："泛爱众，而亲仁。"中华民族自古崇尚仁爱、追求仁爱、富有爱心。历来推崇和追求仁民爱物、敬天爱民、敬上爱下等治世理念，倡导"母仪天下"、爱人及人、相亲相爱、守望相助、关爱弱者等社会风尚。

"爱"是人类文明、社会进步的标志，体现着群体社会的文明水平和个体成员的文明素质。在社会文明高度发展的今天，从国家层面到社会层面都有比较完整的福利、救助、保险、基金等助困帮扶体系、精准扶贫政策，民间的献爱心活动、捐助捐赠活动、支教下乡活动、社区帮扶活动，还有各种各样的义工、社团、志愿者等等成为文明风尚，这是国家强盛、社会进步、人的素质提升的结果，真正的吃不饱、穿不暖的现象已经成为历史。但人心的"冷漠"却是这个时代许多人的通病，许多人信奉"多一事不如少一事"，只顾自己，不问他人，缺乏爱心，缺乏善心，缺乏同情心。住同一个小区、同一栋大楼，甚至对门对户的邻居互不认识、互不交流、互不交往、互不相助、互不关爱；在同一个单位工作、同一个办公室上班，甚至共事多年的同事相互不了解、不关心，不知其家在何处、家有何人；虽然天天见面但心理距离却很遥远，甚至形同路人；走在大街上、行在道路上、处在公共场合遇到了突发的车祸、伤病、抢劫、犯罪等不援手、不施救，甚至公安机关取证都不愿意出面作证；等等。这些现象不是个别案例，而是带有一定的普遍性和社会性的。这是社会道德滑坡所导致的人心冷漠、自私狭隘、冷血缺爱在现实中的表现。

孔圣人说"仁者爱人"，孙中山先生讲"博爱"。但在现实中，一些人生活得很盲目，既无思想，又无情感。有的人甚至心理扭曲、阴暗变态，看谁都不顺眼，对谁都有意见，心里充满了嫉妒和怨恨。孟子曰："人皆有不忍之心……今人乍见孺子将入井，皆有怵惕恻隐之心。无恻隐之心，非人也。"但有的人对一切都漠不关心、漠然冷淡、麻木不仁，"事不关己，高高挂起"，看到小偷正在行窃却假装不知，遇见老人摔倒急待救助却视而不见，明知邪恶犯罪却明哲保身。子曰："君子成人之美，不成人之恶，小人反是。"但有的人却见不得别人好，巴不得别人倒霉，希望所有的人都不如自己，把别人的失意、失败当成自己的兴奋点乃至成就感，对别人碰到的不幸和灾难幸灾乐祸。罗曼·罗兰说："爱是生命的火焰，没有它，一切变成黑夜。"雨果讲："人间如果没有爱，太阳也会灭。"而有的人四处散布谣言、到处搬弄是非，遇事煽风点火、推波助澜，唯恐天下不乱；更有甚者，心理变态扭曲、妖魔邪恶，"宁负天下人"，给人设陷阱、使绊子、搞破坏，怨恨家人、祸害朋友、报复社会，反人类、反社会、无视生命。

"羊有跪乳之恩，鸦有反哺之义"，猛兽也有舐犊之情，何况于人乎？

爱是人之本性，就像人的灵魂，不可丢失！人一旦完全丧失了爱，就如同行尸走肉，就会禽兽不如，就会干伤天害理的事。

爱，是生命之源。一个人只有心中充满爱，生命才有源源不断的活力；只有心中充满爱，才能真正体悟人生的意义和价值；只有心中充满爱，才能升华人生境界、形成健康人格、成就人生事业。

爱，是力量之源。一个人只有心中充满爱，才能充满力量、百折不挠；只有心中有炽爱，才能战胜困难、勇往直前；只有心中有大爱，才能无私无畏、所向披靡。

爱，是心灵的营养剂。她能滋润人的心田、抚慰受伤的心灵、拯救枯萎颓废的灵魂；她能给人以生的力量、活的勇气；她能陶冶人的情操、提升人的品质；她能给人以温暖快乐、让生活丰富多彩、使生命更有意义。

爱，是社会的润滑剂。爱能激励怯懦、消融恩怨、感化拯救罪恶；爱能化解矛盾、消除隔阂、促进社会和谐幸福；爱能凝聚人心、团结共识、形成群体的强大力量。

刘安在《淮南子》中说："仁莫大于爱人，智莫大于知人。"一个人心中充满了爱，做人就会有魂有魄、做事就会有声有色、待人就会有情有义、生活就会有滋有味。

一个心中充满爱的人，对生活才会有不懈的追求、对未来才会有美好的憧憬、对困难才会有无穷的力量、对事业才会有开拓创新的激情、对家庭才会有强烈的责任、对社会才会有积极的贡献、对国家对人民才会有无限的忠诚。

人人都需要爱。父母需要爱、儿女需要爱，老人需要爱、孩子需要爱,成功者需要爱、弱势者更需要爱。国家、民族要有爱,社会、家庭要有爱,组织、单位要有爱,企业、社区要有爱。只有处处有爱、时时能感受爱,我们的社会才会充满爱,我们每个人才能享受爱。

人人都有爱。俗话说"人心都是肉长的",每个人都是有爱心的,关键在于能否始终保持一颗爱心,时时播洒爱,处处播种爱。以爱心对待他人、以爱心看待社会、以爱心面对成败、以爱心面对生活。

子曰:"爱人者则人爱之,恶人者则人恶之。"英国有一句谚语:赠人玫瑰,手有余香。心中的爱有多少,享有的幸福就有多少,付出的爱有多大,得到的爱就有多大。只有心有大爱、播洒大爱的人,才能享受大爱的回馈,才能享有灵魂的高尚和精神的高贵,才能焕发人性的光辉,才能受到人们的尊敬和爱戴。

有人写过一首散文诗:爱是冬日的阳光,她能使饥寒交迫的人感受到人间的温暖;爱是沙漠中的清泉,她能使濒临绝境的人重新看到生活的希望;爱是飘荡在夜空的歌谣,她能使孤苦无依的人获得心灵的慰藉;爱是洒落在久旱土地上的甘露,她能使心灵枯萎的人体悟到情感的滋润。

爱是可以互相感染互相传递的。歌曲《爱的奉献》中唱道：这是心的呼唤，这是爱的奉献，这是人间的春风，这是生命的源泉。再没有心的沙漠，再没有爱的荒原，死神也望而却步，幸福之花处处开遍。只要人人都献出一点爱，世界将变成美好的人间。

2008年汶川大地震发生后，在中华大地上烙印下了一幕幕惊天地、泣鬼神的人间大爱。有以身护子至死姿态不变的父母，有为救老人义无反顾慷慨赴死的青年，有身负重伤不顾生命危险舍己救人的孩子，有连夜冒死闯灾区千里驰援的百万大军（工、农、商、学、兵、志愿者），就连乞丐都义无反顾。有捐钱捐物献血的，有献计献策献生命的，有送医送药送技术的……一方有难、八方支援，亿万人的牵挂、亿万人的爱援，海内海外、举国上下，人间大爱感天动地，铺天之爱汇聚山川。这爱，温暖了人间！这爱，感动了苍天！这爱，挺立了汶川！

在大灾大难面前，爱，能被激活焕发，这十分宝贵。但今天更需要的是：爱长驻人间！爱常在心间！爱遍布华夏山川！

三、善，就是善良、友好

善，是炎黄子孙的民族天性，是礼仪之邦的道德基因，是东方文明的立世哲学。

善是中华民族的基因。自古以来，善就浸入了炎黄子孙的血脉和骨髓，我们的先祖把"居善地、心善渊、与善人、言善信、政善治、事善能、动善时"作为居家、出行、为人、做事、治世的重要标准，劝人为善扬善，用善心、善行、善果来调解人与人之间的关系，处理现实中的各种矛盾。因而，"善"，深入了炎黄子孙的血脉，成为中华民族的天性。

纵观华夏五千年的文明史，从来都是与人为善、与邻为善的。在古代，为了防范外敌入侵而修长城以自卫，为了化敌为友避免干戈而和亲，诸侯国君为了相互信任而互换子弟质押，昭君出塞、文成公主远嫁吐蕃、张骞出使西域、郑和七下西洋等等佳话至今仍家喻户晓、妇孺皆知。在当今，我国把与邻国的关系视为"一衣带水""唇齿相依"，提出了"以邻为伴、与邻为善"的外交政策,把"安邻、睦邻、富邻""合作、共赢"作为与邻国相处和国际合作的原则,提出了打造"人类命运共同体"的理念。试问:天底下有哪一个民族这样善良?有哪一个政府这样宽厚?有哪一个国家这样友善?

善是中华民族的文化天性。佛教传入中国能够生根发芽、开花结果,并能够与土生土长、根深蒂固的儒家、道家争天下,关键就是一个"善"字。佛教的"善"与中华民族文化天性的"善"高度契合,才使这一外来文化不仅在华夏大地上站稳了脚跟、赢得了信众,还使中国成为佛教信众最多最广的地区,其信众之多、影响之大、流传之广远超其发祥地——印度。这既体现了中华民族对"善"文化的尊崇,又体现了中华民族接纳和善待外来文化的胸怀。这在文化领域、宗教领域都是罕见的。

自古以来,善就是国人的德目,是中华民族道德教育中最重要的一个内容。《易·坤卦》云:"积善之家,必有余庆。积不善之家,必有余殃。"荀子讲:"积土成山,风雨兴焉;积水成渊,蛟龙生焉;积善成德,而神明自得，圣心备焉。"善，一直是家族传承、家庭熏陶、启蒙教育、人品评判、社会评价、官员考评的重要内容，是文人士大夫最注重的品德，也是衡量一个人道德修养的重要原则。自古以来，从圣贤大儒到乡野民众、从官员到百姓、从出家人到江湖侠客都恪守此训而不变。

行善修善、行善积德生生不息。在华夏文明历史的长河中，行善修善的千古佳话数不胜数，行善积德的故事如繁星耀空，千古传颂、世代效仿。

中华民族乐善好施。老子讲"上善若水"，孟子说"穷则独善其身，达则兼济天下"，张廷玉在《澄怀园语》中说"人能扶人之危，周人之急是美事"。自古以来，修桥补路、扶危济困、慈善施恩、敬祖敬老、敬圣尊师、孝老慈幼、赡孤寡、育孤儿、救灾荒等等成为中华民族最纯朴、最自然的民风。做善事、积善德成为世代不变的传统，"善"是中华民族矢志不渝、世代追求的核心价值。

但近几十年来，"善"被功利主义严重冲击、稀释。不善之事铺天盖地、不善之人随处可见。"黑心棉被""大头奶粉""苏丹红""毒疫苗""黄赌毒"等等令人防不胜防；拐卖儿童、辱骂父母、虐待孩子、家庭暴力等令人震惊愤怒；坑人算计、设套作局、无由头地仇官仇富、无由头地起哄闹事等等心态极端扭曲；假冒伪劣、欺行霸市、横行乡里、残暴杀人……无所不用其极。不善之人所干的不善之事闻所未闻、不善之事的恶毒可恨罄竹难书！

中华民族信奉善恶有报。俗话讲"天作孽犹可恕，自作孽不可活"。有诗云："莫道造恶不报，直待恶贯满盈。莫道修善无应，直待善果圆成。"冯梦龙在《醒世恒言》中说："善恶到头终有报，只争来迟与来早。劝君莫把欺心使，湛湛青天不可欺。"在雷霆反腐、铁拳打假、除恶扫黑的今天，许多恶贯满盈者、贪腐黑心者、恶毒凶残者已得到报应，被绳之以法了。一些不肖不善之恶徒、害人敛财之鼠辈、欺男霸女之恶棍、玩权弄术之奸人，也已是穷途末路、惶惶不可终日了。

善是幸福指数。积德虽无人见，行善自有天知。刘昼在《慎独》中说："身恒居善，则内无忧虑，外无畏惧，独立不惭影，独寝不愧衾。"俗话说：为人不做亏心事，半夜打雷心不慌。明朝洪应明说："心体光明，暗室中有青天；念头暗昧，白日下有厉鬼。"荀子讲："先义而后利者荣，先利而后义者辱。"作恶行恶者、妖魔邪恶者、恶毒凶残者，不论他们发了多大的财、有多强的势力、有多大的成就，他们精神上终无宁日，心灵将永不得安宁。因为他们做了天地不容的亏心事、造了人神共愤的孽，所以，总是担心东窗事发，时常处于愧疚、恐惧之中，其生命质量、幸福指数都会大打折扣。

孟子说："取诸人以为善，是与人为善者也，故君子莫大乎与人为善。"只有心怀善良，不施恶行，才能心宽心安、才能事顺业兴、才能家和邻亲，才会有高品质的生命质量，才能享受高品位的幸福生活。

心灵的自由是人生最高境界的修为。子曰："吾十有五而志于学，三十而立，四十而不惑，五十而知天命，六十而耳顺，七十而从心所欲，不逾矩。""从心所欲，不逾矩"是人生修为的最高境界，是心灵的遨游、安宁和自由。只有行善积善的人，才能享受心灵的自由，所思所行才能"从心所欲，不逾矩"，高尚的灵魂才能自由翱翔。

三国时期刘备临终前给其子刘禅的遗诏中写道:"勿以恶小而为之,勿以善小而不为。"俗话说"害人之心不可有"。管子讲:"善人者,人亦善之。"申涵光在《荆园小语》中讲:"勿以人负我,而惰为善之心。"人要怀善心、施善行,处处与人为善、时时善待他人。人若无论尊贵还是卑微、无论贫穷还是富有、不管得势还是失势,都始终做到不施恶、不整人、不害人,就能心安理得、功德圆满,就是高尚的人、有道德的人,就能"好人一生平安"。

四、真,就是真实,不假、不伪

中华民族的传统精神主要体现的是儒家和道家思想。其思想核心和特征主要表现为:天人合一的自然宇宙精神、天下一家的群体社会精神、以德为本的伦理人格精神。这种文化传统和特征导致了其思维方式:尚直觉、重体悟、善类比、轻逻辑。因而,在社会生活中形成了重人文而轻科技、重人情而轻法制、重合情而轻合法、重平衡而轻较真的认识方法。

世界观决定方法论、方法论决定行为规则、行为规则决定行为方式。因此，国人注重和谐包容、混沌大同、求同存异、守雌忌盈、中庸平衡，奉行"得饶人处且饶人""得休休处且休休"的处事原则，对人、对事"差不多"就行，不像西方人那么追根溯本、穷理较真。都认同月亮是圆的就行，不再管月亮为什么是圆的、究竟有多圆；说物质世界是由金、木、水、火、土构成的，就不再管它的原子、分子、各种元素各占什么比例。因此，自古以来，国人对人、对事都是"过得去就行"，一般都不会"斤斤计较""穷追猛打"，从来就不是那么斗硬较真。

在这种不那么斗硬较"真"的文化背景下，造假、作伪就有了极大的余地和空间。正因为如此，自古以来，"谋略"在中国就有极大的舞台，发展成了有流派师承、有成套理论、有许多大部论著的"谋略学"，甚至成为一个较为独立的学术流派。

从春秋战国时期开始，纵横家、谋略家、诡辩家、法、术、势等等派系林立，你方唱罢我登台，竞相表演比拼。鬼谷子、管仲、苏秦、张仪、公孙衍、孙膑、范蠡、诸葛亮等等，纵横捭阖、叱咤风云、指点江山，翻手为云、覆手为雨，像玩魔术一般，把"谋略"和"伪"演绎到了极致。

所谓的"谋略"文化在中国的封建社会里得到了极大的丰富和发展。历代封建王朝、历代统治者、各色谋略家阴谋家、各种江湖术士百玩不厌、花样频出、创新不断，在人类历史上可谓是独领风骚、一枝独秀。成就了多少大奸大伪的阴谋家？淹没了多少英雄豪杰？断送了多少鲜活生命？导致了多少人家破人亡、妻离子散？这真的是只有天知地知了！

谋略，在国家战略层面、在军事集团对抗的战略战役对决里、在与敌人你死我活的较量中是应该的、必须的、合理的。在这样的背景下为国为民运用谋略是大智慧、大方略、大境界。但如果在我们自己的组织内、工作上、同事间、上下级、朋友中、官场上、商业里为了自己的私利而处心积虑地设圈套、作局子、挖陷阱、使绊子、耍心计、造谣言，那就不是什么谋略了，而是地地道道的阴谋诡计、歪门邪道、奸佞阴伪，绝不是正派人所为的，也不是什么智慧！一定是为有原则、有底线、有道德的正人君子所不齿的，是见不得阳光的小人勾当、阴险伎俩。

随着时代的发展，"谋略"更是"道高一尺，魔高一丈"。在我们今天的现实生活中，所谓的"谋略"大行其道。古人留下来的"宝贝经典"都已经远远不够用了，在前人的基础上又有了许许多多稀奇古怪的创新发展，如《韬晦术》《三十六计》《罗织经》《厚黑学》《帝王术》《老狐狸精》《心术》《88三十六计》《观人经》《识人术》等等琳琅满目，令人眼花缭乱。现在的许多电影、电视人更是乐此不疲地大演古代"宫廷戏""官场戏"，他们"大胆的设想""大胆的编撰""大胆的演绎""大胆的表演"，把"虚伪""阴险""狡诈""狠毒"演绎得不可思议，让人瞠目结舌；有的甚至到了毛骨悚然、令人恐惧的程度。最不可理解的是：观众还趋之若鹜、津津乐道、百看不厌，甚至还感到意犹未尽、歹不到位、阴不够狠、毒不解恨。

"谋略"是个褒义词，而对什么对象、在什么场合、什么时机用、怎么用，这很重要，决定着其性质。用得正派、合理、得当，是智慧、是眼界、是思维层次；用得不正当、不道义、不合理，是小聪明、小把戏；用得不道德、不正义、不合法就是阴谋诡计，就是"伪谋略"。

在"伪谋略"大行其道且十分强势的情况下，在功利主义横行的现实中，"真"就更加地珍稀可贵了！古人说"眼见为实，耳听为虚"，但现在就是你亲眼见了的也不一定是真的。假烟假酒、假人假事、假话假唱、假肉假蛋、假医假药、假钱假证、假文凭假档案、假论文假科技、假数据假指标、假夫妻假儿女、假乞丐假慈善、假古董假书画、假公司假企业等等让人瞠目结舌，难怪有人说：只有妈是真的，其他都有可能是假的。

心中没有大棋局，眼里只有小算盘。有的人借助官位权力大玩"谋略"（已被党纪国法惩处的贪腐官员），他们满嘴的马列主义，一肚子的男盗女娼，说一套做一套、台上一套台下一套、对人一套对己一套、当面一套背后一套，看上去他们比谁都革命、比谁都有觉悟、比谁都有修养、比谁都干净无私、比谁都忠诚敬业，实则他们是戴了面具的"两面人"，他们比谁都虚伪、比谁都阴险、比谁都缺德、比谁都肮脏。他们害党害国、误军误民，他们用高超的演技演绎着现代版的大奸大伪；有的人欺世盗名，利用头衔、身份招摇撞骗，打着专家学者、学术权威的招牌，充当掮客、做托造势，信口妄言，害人不浅；有的人利用科技手段、现代工艺制假贩假、图财害命、巧取豪夺、坑害百姓；有的人胆大妄为，钻法律、政策的空子，打擦边球、越界踩线、欺下瞒上、暗度陈仓，把别人都当"傻子"来玩弄；有的人狼狈为奸、结伙作案，如电信诈骗、网络诈骗、保险诈骗、征婚诈骗、连环诈骗，从国内骗到了国外……这些奸伪之人自以为智商过人，自以为玩得"天衣无缝"，可以瞒天过海，结果正应了《红楼梦》中所说："机关算尽太聪明，反误了卿卿性命。"

司马光说："有才无德，其才反济其奸。"黄宗羲讲："诚则是人，伪则是禽兽。"《增广贤文》讲："天欲令其灭亡，必先让其疯狂。"正是这些奸伪官员、奸伪学者、奸伪专家、奸伪商人……他们为了一己之私、为了一己之利，利用人们的善良仁厚、纯朴诚信疯狂作恶，破坏法律、冲击制度、践踏道德、泯灭良知、摧毁诚信。他们阴险、恶毒、卑鄙的行为使"真"受到了毁灭性的打击，把"真"变成了这个时代最为珍稀的"奢侈品"。

所谓的"谋略"文化给华夏文明、给中华民族带来的危害是深不见底的，是无法估量的，是久远而广泛的。这些奸伪之人的行为给我们的国家形象、民族形象、党和军队形象、党员干部和专家学者形象、政府机构和权威部门形象造成了极其恶劣的影响！给我们的法律制度、理想信念、价值体系、道德文化、善良诚信造成了极其恶劣的影响！给我们的社会生活、商业文化、企业发展、人民幸福甚至子孙后代造成了极其恶劣的影响！

李绅在《答章孝标》中说："假金方用真金镀，若是真金不镀金。""真"，本身是最简单、最原始、最纯朴、最自然的，不需要任何的技术加工、不需要任何的粉饰打扮。但现实被这些奸佞之人、无耻之徒、跳梁小丑、害群之马搅得是昏天暗地、天怒人怨、真假难辨，让人防不胜防。人们即使见到了"真"也不敢信其"真"、遇到了"真"也不敢认其"真"，快要到一

"真"难求的程度了。

在"真"被"伪"疯狂残暴的进攻之下，假货遍地、假话连天、骗局丛生，诚实守信、善良忠厚、见义勇为、正义良知等价值观被摧毁了。善良忠厚的人们处处上当、时时受骗，诚实守信的人们处处吃亏、常常遭殃。在这种生态下，谁还敢诚实守信？谁还敢善良忠厚？人们唯恐避之不及，许多人被迫寻求自保。正是因为这些乱象的冲击祸害，才在我们生活的现实中出现了许许多多令人啼笑皆非的怪事：胆小的冒充胆大的、贫穷的伪装富有的、无权的伪装有权的、弱小的假装强大的、没有背景的扮成来头很大的，甚至讲理的也装成凶残蛮横的……无病也呻吟、有钱也叫穷、大贪谈反腐、"苍蝇"表廉洁，真是无奇不有，笑话百出，搞得人们都不敢以"真"示人。社会上甚至流传着"不怕有理的，就怕不讲理的""光脚的不怕穿鞋的""胆小的怕胆大的，胆大的怕不要命的"等等奇谈怪论。在某些局部、某些层面、某些时候似乎形成了越凶狠别人越不敢惹、越不讲理越能获得好处、越无赖越吃香的怪象。

假、伪搅乱了我们的生活、扰乱了我们的市场、破坏了我们的诚信。它使我们吃得不放心、住得不放心、睡得不放心、走得不放心、买得不放心，不信任商品、不信任组织、不信任上下级、不信任朋友、不信任邻里、不信任机构、不信任权威，甚至夫妻子女都不信任。它使得一些国人到世界各地扫货（认为国外的都是货真价实），到欧洲抢购、到非洲抢购，到美国、到日本、到韩国……旅游就是抢购、扫货。从奢侈品到化妆品、从大米到奶粉、从电器到马桶盖……让世界都睁大了眼睛盯着这些"东方醒狮"，让世人都警惕甚至讨厌这些抢购者、扫货客。就连一些国内的正规产品也要千方百计地挂靠国外公司、国外品牌，挂靠不上的也要想办法取个"洋名"或者编个"某某国外技术""出口转内销"云云，确实沾不上边的就请外国人来做做广告。实在难为我们的企业了！因为许多消费者被假冒伪劣坑怕了，只好迷信外国人、外国产品。即使外国人做假货、说假话国人也会深信不疑，哪怕千辛万苦花高价从国外买回来的是国内厂家生产的产品也心甘情愿。

　　古希腊崇尚的四主德是"节制、勇敢、智慧、公正"。儒家的核心价值是"仁、义、礼、智、信"，兵家强调的是"智、信、仁、勇、严"。由此看出,无论是东方文明还是西方文明,都把"智"看得很重、很高,都把"智"作为社会文明的价值追求、作为人类进步的重要考量。但东、西方文明共同追求的"智"是指:智慧、聪明、才华、知识。绝不是谋,也不是略,更不是伪!所追求的是大智大慧,绝不是"小聪明""小把戏"。

孟子说:"穷不失义,达不离道。"古人说"智慧之巅是德行","小胜凭智,大胜靠德",时间是最好的裁判、历史是最好的见证,做人还是要有规矩的!做事还是要守道的!玩"小把戏"、耍"小聪明"、干阴谋诡计都不是正道,终会被人们识破看穿、终会为人们所唾弃、终会被神惩天谴!

求真,是我们党的一贯作风。"实事求是"是我们党的思想路线,是我们党率领人民从小到大、从弱到强、从曲折走向胜利的根本保证。当前,中央正以雷霆万钧之势抓"四风"、反腐败,全力打击伪君子、假丑恶,"打虎"决心震撼全世界,全国军民同仇敌忾,齐声响应。华夏大地正吹响正气歌,权力将被关进制度的笼子,党风政风、社会风气正在好转,社会主义核心价值观正在践行,中华民族正在全力追寻"中国梦"。孟子说:"诚者,天之道也;思诚者,人之道也。"我相信:人心不会总被蒙蔽,"真"终将回归本位,人终将回归正道,事终将回归自然。这既是天道,也是人道,更是坦途大道。

道家讲:大道自然。庄子说:"真者,精诚之至也。不精不诚,不能动人。故强哭者虽悲不哀,强怒者虽严不威,强亲者虽笑不和。真悲无声而哀,真怒未发而威,真亲未笑而和。真在内者,神动于外,是所以贵真也。"他还说:"谨守而勿失,是谓反其真。"唐代诗人严宽说:"唯大英雄能本色,是真名士自风流。"洪应明在《菜根谭》中写道:"文章做到极处,无有他奇,只是恰好;人品做到极处,无有他异,只是本然。"装是装不出来的!"一句谎言要用十句谎言来弥补。"即使能装一时,也不可能装一世。陶行知先生说:"千教万教教人求真,千学万学学做真人。"所以,人还是自然自在些好、坦荡阳光些好、本真透明些好,这样,心才不累,才能活得轻松自在。

习近平同志提出："谋事要实、创业要实、做人要实。"因此，做人还是守道求真、纯朴自然的好。俗话说"真金不怕火炼"，"竹以直而美，人以正而尊"。只有修正本心，不为外物所诱，不以狡诈强横为能事，处世以真、待人以诚，不欺暗室、慎始如终，堂堂正正、顶天立地，做真人、说真话、干真事，才能活得坦荡、活得潇洒、活得踏实自如，才能"仰不愧于天，俯不愧于地"。

五、忠，就是忠诚

忠，在《说文解字》中解释为"敬也，尽心曰忠"，其初意指利国、利公、利民。忠，是我国古代伦理道德规范。原指心态中正、立正纠错。作为道德概念，指为人正直、诚恳厚道、尽心尽力，坚持真理、修正谬误。后指忠于他人、忠于君主、忠于国家。随着社会的发展进步，忠，逐步成了为人处世的准则。

忠，是中华民族最崇高最神圣的价值追求。自古以来，"忠"是中华民族历经沧桑磨难而始终凝聚不散的魂，是华夏群体社会精神的集中体现。

"忠"与"孝""义"相生相随，萌生于西周时期，春秋时期得到普遍认同，从那时起，"忠"就成了中华民族血脉里一个崇高神圣的价值追求。无论是国破还是家亡、无论是被俘还是被杀、无论是流落他乡还是外出谋生、无论是身处险境还是身居高位、无论是富贵还是贫穷，"忠"都始终是与国、与家、与亲、与友割舍不去的魂。

春秋战国时期，忠肝义胆、侠士之风盛行，司马迁在《史记·刺客列传》中描写荆轲刺秦王："风萧萧兮易水寒，壮士一去兮不复还。"涌现了郭解、专诸、豫让、侯嬴等许许多多的忠义侠士。自古以来，华夏儿女千千万万的忠臣良将、忠义侠士前仆后继，不断用忠勇和生命谱写着"忠诚"的乐章，伯夷、叔齐不食周粟，陶渊明不为五斗米折腰，齐白石不给日本人画画等，他们个个铁骨铮铮、宁折不屈、视死如归的故事至今仍在流传。

忠，是中华民族的优秀文化。纵观中华民族文化典籍，在《尚书》《左传》中，就有"以公灭私"，"公家之事，知无不为，忠也"，"临患不忘国，忠也"等精辟论述。春秋时期，诸子百家也倡公忠，尤其是儒家特别倡导"乐以天下，忧以天下""致公而忠""公而忘私""忠在恤民"等精神，历朝历代仁人志士不断丰富"忠"的内涵。诸葛亮"鞠躬尽瘁，死而后已"，范仲淹"先天下之忧而忧，后天下之乐而乐"，"居庙堂之高，则忧其民，处江湖之远，则忧其君"，贾谊"国而忘家，公而忘私"，林则徐"苟利国家生死以，岂因祸福避趋之"，等等，成为中华民族的优秀文化，也是历朝历代忠臣良将、仁人志士始终追求、躬身践行的价值观。

在中华民族的封建政治文化和封建传统文化中，不论人们的具体身份、地位差异如何悬殊，扮演的实际角色却是相同的，即都要做君、父的忠臣和孝子。这种忠孝文化把"忠孝"推上了最高道德标准，即身为人臣，必须忠于人主，否则就是大逆不道。这是家天下的逻辑，是封建糟粕。在这种封建思想的蒙蔽之下曾经演绎了许许多多的愚忠故事。

忠孝之道的"忠"有三种境界：专一、无逆、大忠，与之呼应的"孝"也有三种境界：敬养、不辱、大孝。忠孝本身是积极的、正面的，是中华民族的优秀文化和传统美德。古人说"求忠臣，必于孝子之门"。文天祥在一首《沁园春》中写道："为子死孝，为臣死忠，死又何妨？……"这些都说明了"忠""孝"是天经地义的。曾子曰："吾日三省吾身：为人谋而不忠乎？与朋友交而不信乎？传不习乎？"首先自省的就是有没有"为人谋而不忠"的问题；曾子还说："夫子之道，忠恕而已矣。"他把孔圣人以"仁"为核心的博大思想高度概括为"忠恕而已"。这都充分说明了"忠"的崇高和神圣，充分说明了"忠"在圣贤士大夫们心目中的价值定位。

自古以来，中华民族就有精忠报国、舍生取义的民族精神。韩愈诗云："欲为圣明除弊事，肯将衰朽惜残年。"文天祥说："人生自古谁无死，留取丹心照汗青。"顾炎武讲："天下兴亡，匹夫有责。"杨家将、戚家军、岳母刺字等等故事一直激励着历朝历代仁人志士忧国忧民、以国为家、生死相依、荣辱与共。他们为国为民宁死不屈、临危不惧、前仆后继、保家卫国、仗义执言、关怀民生，这种可贵的精神，使中华民族历经劫难而不亡。

在五千年的灿烂文明中，中华民族形成了以爱国主义为核心的伟大民族精神，涌现出了许许多多可歌可泣的仁人志士、民族英雄，书写了灿烂辉煌、波澜壮阔的中华民族画卷。他们忠于祖国、捍卫民族利益、关心祖国的前途命运，在国家、民族危难之时，他们敢于牺牲性命、前仆后继，敢于抛家舍业、挺身而出，勇于为国家效命、为民族效忠。屈原、苏武、颜真卿、范仲淹、辛弃疾、岳飞、文天祥、郑成功、戚继光、林则徐、杨靖宇、方志敏、叶挺等等是他们的典型代表。

中华民族热爱和平，也充满血性。自古以来，中华民族热爱和平，总以"天朝上国""礼仪之邦"的博大情怀和宽广胸襟善待、宽柔四方友邻，从不恃强凌弱。当友邻受难时，总能不惧强暴，举起正义之剑救邻于水火。对于胆敢来犯我之强敌从不畏惧，誓死反击。西汉名将陈汤说："明犯强汉者，虽远必诛。"唐朝李贺说："男儿何不带吴钩，收取关山五十州。"陈陶说："誓扫匈奴不顾身。"戴叔伦诗云："汉家旌旗满阴山，不遣胡儿匹马还。愿得此身长报国，何须生入玉门关。"清朝沙天香喊出了"人生自古谁无死,马革裹尸是英雄"的豪言。唐初杨炯面对边患说:"宁为百夫长,胜作一书生。"王昌龄豪言:"黄沙百战穿金甲,不破楼兰终不还。"这些均是华夏子孙对捍卫国家、捍卫民族的血性誓言。从抗击八国联军到艰苦卓绝的抗日战争、从珍宝岛自卫反击战到中印自卫反击战,从抗美援朝到抗美援越,中华民族历来就有不畏强暴、敢于血战、勇于胜利的伟大民族精神。这种伟大的民族精神世代相传,成为华夏子孙忠于国家、忠于民族的特有血性,深深浸入了中华民族的血脉。

在中华民族的历史长河中,"忠""孝"是不可跨越的价值底线。自古以来,凡是乱臣贼子、大逆不道者、卖主求荣者、不忠不孝者、欺师灭祖者无一不受世人唾骂,无一不臭名昭著、无一不遗臭万年,统统都被钉在历史的耻辱柱上,其灵魂是无处安放的!连亲戚朋友都深受其祸、子孙后代都抬不起头,甚至是无处安身。

然而,历经岁月的消磨,尤其是功利主义思想的洗劫,"忠、孝、义"已是香消玉殒、面目全非了。不忠不孝、不仁不义的现象满天飞，吃着碗里看着锅里骂在嘴里的大有人在，得陇望蜀、三心二意、脚踏几只船的人遍地都有，不少人为了自己的私利不惜出卖国家利益、出卖法律尊严、出卖组织原则、出卖正义良知、出卖灵魂人格。许多人信奉十九世纪英国首相帕麦斯顿的名言："没有永远的朋友，也没有永远的敌人，只有永远的利益。"崇高而神圣的"忠"已被世俗践踏得不成样子，被功利主义、极端个人主义蹂躏得几近枯萎了。

先贤程子说："忠者天道，恕者人道。"晋代葛洪在《抱朴子》中说："忠謇离退，奸凶得志，邪流溢而不可遏也，伪涂辟而不可杜也。"一个国家、一个社会、一个政党、一个组织，如果奸佞不分、忠伪不辨，怎么可能保证社会的公平、正义呢？怎么能够维持优胜劣汰、发展进步的契约精神呢？怎么能够维护社会秩序的长治久安、和谐稳定呢？因此，"忠"不是可有可无的奢侈品，而是极其可贵的契约精神、道德标准、社会价值观。

在一些人信仰信念缺失、功利思想突出的今天，"忠"依然具有崇高而神圣的社会价值、依然是立身做人的重要标准、依然是中华民族的根和魂。

今天我们所说的"忠"更多的是指"忠诚",涵盖了信义、操守、诚实、正直、善良等美德,是一种崇高的责任感和使命感。包括对民族、对国家、对社会、对职业、对亲人、对朋友的忠诚。

我们所处的时代是信息时代、网络时代,前所未有的开放把我们与外界紧紧地连在了一起,世界变成了地球村。国家与国家的交往、经济文化的交流、商贸人员的往来、文化教育的相互交融等越来越频繁、越来越紧密,甚至有的人有了双重国籍,致使一些人的民族意识、国家意识非常淡薄,国家、民族、文化的认同感十分淡漠,这是十分危险的!也是十分可怕的!

当今的世界,看似一幅太平景象,实则暗流涌动、刀光剑影。从东欧剧变、苏联解体、"茉莉花革命""阿拉伯之春"到阿富汗、南斯拉夫、伊拉克、利比亚、叙利亚、也门等战争来看;从亚洲金融危机、美国次贷危机到欧元、卢布、人民币贬值升值;从斯诺登事件、监控门丑闻到"黑客""网军"的诞生等事件来看;从近年来十几个国家的分崩离析、政权垮台到防不胜防的恐怖袭击，造成几十万人的丧生、成百上千万人的流离失所、妻离子散和欧洲的难民潮等情形来看；从一些国家上千年的文明被摧毁到几代人的企业破产、几百亿的公司一夜之间就倒闭等现实来看……当今时代，文化的冲突、宗教的冲突、利益的冲突、经济的掠夺可以说比以往任何时候都更加激烈、更加惨烈，甚至更加血腥暴虐。

上述国家和地区之所以发生灾难性、毁灭性的冲突、战乱，甚至亡国灭种，致国民于万劫不复的悲惨之中，除了外部势力、强权政治、霸权主义的干涉、掠夺、打击之外，一个极其重要的原因就是国民丧失了民族意识、国家意识，对国家缺乏"忠诚"。由此看来，国民对国家、对民族的归属感、认同感十分重要！国民对国家、对民族的忠诚是国家稳定、社会进步、民族振兴、人民幸福的重要保证！

国家、民族既是每一个人的身份标志，也是每一个人的血脉、文化之根，更是每一个人的家庭、事业、成就的基石。任何人，离开了国家、民族这个后盾和舞台，就是天才也无用武之地，也成就不了什么功业。看看阿富汗、伊拉克、也门、叙利亚等国家的现实，有几个像样的科学家、艺术家、企业家？又有什么有影响的明星大腕、社会贤达、文化精英？又有谁能够体面地生活、受外人尊重、让世人仰慕？难道这些国家是因为没有资源？没有人才？不是！是因为没有和平、没有发展的条件和空间、人们没有用武之地！因此，对国家、对民族的忠诚，既是对血脉、对祖先、对历史文化的继承，也是作为国民、公民的基本素质，更是个人成就、事业成功、家庭幸福的根本依托和保障。

习近平同志讲："踏石留印、抓铁有痕。"现在的许多年轻人对职业缺乏忠诚、缺乏锲而不舍的执着精神。这山望着那山高，今天干这行明天干那行，跳槽成了家常便饭。什么都会做而又什么都不精，成了"万金油"，什么毛病都可以抹一点，又什么毛病都治不了。既误了自己的聪明才智，又误了大好的青春年华，到头来，没有能让自己引以为豪的一技之长，也没有真正属于自己为之奋斗一生的事业。人才流动、人才从低端向中端高端渐进有序的流动是现代社会发展的必然，是社会分工、社会进步的必然，但朝三暮四、逐利而行、漫无边际的"游动"就不是什么好事了。过去说"三百六十行，行行出状元"，在社会分工越来越精细的今天，忠诚于自己热爱、擅长的专业，忠诚于自己的职业是人生事业成败的关键。国际上许多知名品牌、百年老店（如瑞士的表、德国的汽车、法国的箱包、意大利的服装等）既不属什么高新产业，也不需什么复杂工艺，但却是越来越响亮、越来越成功，原因就是每一个员工都忠于职守、每一道工序都一丝不苟、每一个螺丝都分毫不差、每一件产品都精益求精，许多岗位人们（车工、钳工、焊工等）都是干一辈子，有的甚至是子承父业，世代相传。由此可以看出，"忠"是个人成就、事业成功的秘诀，也是品牌、企业成功的秘诀。

习近平同志告诫全党要"不忘初心，继续前进"。但有的党员干部理想信念动摇、思想道德滑坡、贪欲权欲膨胀、道德品质败坏、情趣庸俗低下、生活堕落腐化、人生观价值观扭曲，一些人精神颓废、骄纵轻狂、违法乱纪、对党不忠诚不老实、对事业不尽心不尽责，完全丧失了共产党员的气节和操守，完全忘记了从哪里来、要到哪里去，完全忘记了自己的初衷和誓言，甚至忘记了自己姓什么、叫什么。这些人正如《红楼梦》中写的："子系中山狼，得志便猖狂。金闺花柳质，一载赴黄粱。"他们嘴巴上说得最好、叫得最响，政治上表态最坚决、最果断，表面上做得最好、最棒，暗地里却干得最差、最坏。他们欺世盗名，疯狂地表演对党忠诚、对事业忠诚、对人民忠诚、对国家民族忠诚，其实他们是不折不扣的"表演艺术家"，是最典型的伪忠诚。在整治党风、铁拳反腐的"照妖镜"面前，他们一个个原形毕露了，最终玩火自焚、下场可悲，受到了应有的审判。

我们经常会听到有人感悟和抱怨：现在诚信太差，朋友不可信等。子曰："益者三友，损者三友：友直，友谅，友多闻，益矣；友便辟，友善柔，友便佞，损矣。"意思是说：跟正直的人、诚信的人、博学多闻的人交朋友，深有益处；跟奉迎谄媚的人、阿谀奉承的人、花言巧语的人交朋友，就有危害。国人喜欢热闹、讲究人情、喜欢交友，几乎每个人都会有几个朋友。但许多人交友正如唐朝诗人张谓《题长安壁主人》中说的"世人结交须黄金，黄金不多交不深。纵令然若暂相许，终是悠悠行路心"那样，总是以"礼"开道（送礼），以钱财利益论"交情"，以利用价值定"深浅"，这完全违背了交友之义、交友之道。庄子说"君子之交淡如水"，意思是君子的交谊要平淡如水、不尚虚荣。"朋友"是在特定条件下双方都认可的、平等的、相互关心的、相互尊重的，有持久的友情关系，相互是最可靠、最可信、最忠诚的，是最高境界的"知己"。而现在许多人交友的动因是"攀高、实用、贪多"，"攀高"就是攀高枝、抱大腿，本身就不对称，你把别人当朋友，别人并没有把你当朋友，这谈什么忠诚与不忠诚呢？"实用"就是为了利用而交友，其实这是寻租关系、相互利用关系、"合伙人"关系，建立在这个基础上的"朋友"，也不可能是忠诚的。"贪多"就是无论什么人，见面就留电话送名片，刷微信，说起来是"朋友遍天下"，实则无一真朋友。清人何阑庭说："百岁开怀能几日，一生知己不多人。"还有的人总是"忽悠朋友""糊弄朋友"，朋友说的事情、托办的事项不管能否办到总是满口答应，却完全不放在心上，甚至朋友追问时自己都忘记了。自己办不到的事一定要直截了当说办不了，真正的朋友是不会强人所难的。但凡答应别人的事、承诺了的话就必须千方百计兑现，确实因为不可抗拒的原因，情况发生了突变而无法兑现的，要在第一时间告知对方，说明情况，给对方应变的时间、弥补的机会。所以，交友就是要交孔子说的"益友"，这样的朋友才能成为挚友，对待这样的朋友，就要像曾子每日三省"为人谋而不忠乎"那样，不为利益、利用而交，真心实意、真诚相待，珍惜友情、忠诚朋友，长此下去，久久为功，你就会朋友多多，而且忠诚可靠。

忠，是中华民族的崇高品质。不论时代怎么发展、变迁，都是不会过时的，都是立身做人的基础品德。在个人综合素质、受教育程度、生活水平普遍提高的今天，在功利主义、个人主义思想突出的今天，忠就更加的可贵了，忠既是道德要求，又是干事创业的可靠保证。国家、民族需要忠，社会、事业需要忠，朋友、亲人需要忠。

修身是中华民族的传统美德，古人提出"修身、齐家、治国、平天下"的修养路径，把修身放在了第一位。只有修身做好了才能做好其他的事，修身是立身做人的基础条件，是干事创业的前提要求，是幸福生活、美满人生的"总开关"。

在信息时代、网络时代、虚拟时代的今天，在社会浮躁、人心浮躁、生活浮躁的现实中，在一些人信仰信念缺失、社会道德出现滑坡、功利思想较为突出的情况下，在个人主义至上、自由主义泛滥、享乐主义风行的当下，要全面继承弘扬中华民族优秀传统文化、吸取中华民族文明智慧精华，德、爱、善、真、忠是治病良方、是治心良药、是治本良策。

"人事有代谢，往来成古今。"立身做人的内涵随着时代的变迁、人类文明的发展进步在不断地丰富和完善。当今时代，在吸取中华民族传统文化的基础之上，还有许许多多的内容需要我们去修养，如戒贪（贪财、贪色、贪权、贪功）、戒狂、戒赌、戒侈，还有孝悌、勤劳、谦和、宽容等等。但在今天的现实生活中，德、爱、善、真、忠是最需要我们去修养领悟的，这是立身做人的基本准则、是为人处世的道德遵循、是干事创业的基础条件、是幸福人生的灯塔航标。

立身做人还要懂得知恩、感恩、报恩，这是立身做人不可忽略的品德。古人说"士为知己者死，女为悦己者容""滴水之恩当涌泉相报""知遇之恩当永生不忘"，卢梭说"没有感恩就没有真正的美德"，尼采说"感恩即是灵魂上的健康"。但近些年来，受功利主义思想的浩劫和商品交换法则的冲击，许多人不懂知恩、感恩和报恩。有的人对施恩者是"转身就不认人"，有的人是把受恩当作"正合我意"或"故意装傻"，有的人甚至把别人的施舍当作致富之路，有的人是用价值交换原则来施恩行善，"施恩就是图报"，有的人干脆用金钱把恩情"一次性买断"，更可恶的是不断有人演绎着"农夫和蛇"的故事，"过河就拆桥""背后捅刀子""恩将仇报"等等。凡此种种，冲击了行善施恩的文明风尚，冲淡了人们的友善，颠倒了人情世故，亵渎了人间真情。

立身做人是关乎每一个人的世界观、人生观、价值观的大课题，也是方法论的大课题。虽然许多人并没有认真（或刻意）地考虑过怎么"做人"的问题，但每个人都会有自己相对稳定的为人处事规则。有的人重于

"道",有的人重于"技",有的人重于"术"。子曰:"志于道,据于德,依于仁,游于艺。"所以,首要的是"道","道"是世界观、是总原则、是"主干","技"是基础、是能力、是"枝","术"是方法、是手段、是"叶"。只有把"道"这个"总开关"搞对了、搞好了,才可能"根正苗红""枝繁叶茂"。因此,立身做人就要在正确确立了"道"、努力修养"道"的基础上,全面提高"技"的水平,还要适度遏制不良之"术"的恶性生长。只有"道""技"双修,才能"德、智、体"全面发展,才能成为一个"德才兼备"的人,才能追求"德艺双馨"的修为境界。

《菜根谭》的作者洪应明说:"心体澄彻,常在明镜止水之中,则天下自无可厌之事;意气和平,常在丽日光风之内,则天下自无可恶之人。"《孟子》讲:"人皆可以为尧舜。"人生不是非要追求轰轰烈烈、成功成名才是幸福的,只要能心存正气、修身立德、善待他人,不给别人添堵、添烦、添乱,能对自己的亲人有益、对社会有益,能给周围的人、需要帮助的人带来快乐就是幸福的。

在继承和弘扬中华民族优良传统的基础上，以德、爱、善、真、忠来修身做人，就会成为毛主席说的："一个高尚的人、一个纯粹的人、一个有道德的人、一个脱离了低级趣味的人、一个有益于人民的人。"

德、爱、善、真、忠是中华优秀传统文化的继承发扬，是礼仪之邦的正本回归，是中华文明的时代呼唤，是中华民族伟大复兴的道德价值、精神源泉。

第二章 做 事

做事就是干事创业。这是每一个人都要面对的人生课题,是任何人都无法回避也不可能回避的必答题。它是人的生存状态、生命意义、社会价值、事业成就、幸福生活的载体和基础。

做什么事、怎么做事、把事做到什么水准,既是一个人的世界观、价值观、人生观问题,也是一个认识论、方法论问题,更是一个人的能力素质、社会价值问题。

古往今来,怎么干事创业,可以说是千人千面、万人万法。不同的时代、不同的文明、不同的条件有不同的评价衡量标准,相同的时代、相同的文明、相同的条件也有不同的路径和方法,其结果更是千差万别。

干事创业，受诸多的主客观因素左右。在文明体制、时代背景、社会经济、评价标准、综合素质、努力程度等相近相同的情况下，还受到制度、政策、行业、岗位、机遇、市场、人际关系、评价体系、考核标准、天时地利等等因素的左右和影响。并不是等值等价、等斤等两所能够衡量的，其变数很多也很大。正如陆游诗句所说："功名本是无凭事，不及寒江日两潮。"

干事创业，尽管有许许多多的变量，但在大时代、大背景、大格局等条件相对稳定的情况下，在个人条件、资源占有、天时地利、奋斗程度等相对稳定的情况下，对于个人来说，职业的选择、敬业的程度、精业的水平就成了干事创业的决定性因素和衡量标准。

"衣锦还乡""光宗耀祖"等封建思想几千年来一直萦绕在国人的心头，干好事业、做大事业是人们普遍的愿望。但怎么才能把事业做好、做大、做强呢？我理解是，选择自己喜欢、擅长的职业，兢兢业业忠诚于自己的职业，在自己热爱的职业中倾其智慧、不懈追求就是干事创业的最佳路径和方法。

一、择　业

当今时代的人大多数综合素质都比较好、受教育程度都比较高、工作能力和适应能力也都很强，而且很自信，这是社会发展、人类进步的必然。但很多人又过度自信、过度自负、过度攀比，甚至过度狂妄。许多人认为自己什么职业都能干、什么事情都能做、什么官都能当、什么岗位都能胜任，觉得自己就是个天才、全才。自己之所以不得意、不得志，都是因为自己没有背景、没有靠山、没有舞台、没有机会等等。现实生活中也确实有类似明朝诗人谢在杭说的"痴汉偏骑骏马走，巧妇常伴拙夫眠"的现象存在，"劣币"驱逐"良币"的情况也时有发生，在有的时段甚至比较普遍、比较猖獗，不排除有的人确实由于种种原因错过机遇、碰到不公，甚至受到排挤打压，在某些局部、某些领域也确实有阶段性的人际环境、政治生态等问题存在。但大多数人的情况并非如此！许多怨天尤人者或是异想天开，或是自我开解！有的人纯粹是一厢情愿，痴人说梦！无论从能力素质、知识才华、人品官德、奋斗精神哪个方面来说，其所求都是完全不现实、不可能的盲目狂想！

任何时代、任何制度、任何文化背景下都不可能人人当大官、人人发大财、人人干大事、人人都成功成名。明朝儒将卢象升说："名须立而戒浮，志欲高而无妄。"个人的成就，只能是顺应时代的潮流和规律，在自己的智慧、知识、能力、素质范围内，在自己最擅长的领域通过自己最大的努力，使所具有的各种潜能和所具有的各种条件都得到最大程度的发挥，这就是个人事业的最好成就。

《楚辞·卜居》说："夫尺有所短，寸有所长，物有所不足，智有所不明，数有所不逮，神有所不通。"一个人要在事业上有出色的成就，除了能力素质、机遇条件等等之外，更重要的是能够客观、正确地定位自己、评价自己，确立符合客观实际和自身条件的奋斗目标，选择自己最能发挥才能、最擅长的职业行业，并且要善始善终、全力以赴地把它做好，做到力所能及，做到极致。

唐太宗李世民说："明主之任人，如巧匠之用木。直者以为辕、曲者以为轮、长者以为栋梁、短者以为拱角，无直曲长短，各有所施；明主之任人，亦如是也，智者取其谋、愚者取其力、勇者取其威、怯者取之慎，无智愚勇怯，兼而用之。"这段话充分揭示了用人的精髓所在，也充分揭示了人有所长的道理。

清代诗人顾嗣协有诗云："骏马能历险，犁田不如牛；坚车能载重，渡河不如舟；舍长以求短，智者难为谋；生才贵适用，慎勿多苛求。"每个人的资质、禀赋、才情是不尽相同的，而且差异很大。有的人形象思维强、有的人逻辑思维强，有的人善动手、有的人善动脑，有的人具管理气质、有的人具经商天赋，有的人有很强的组织能力、有的人有很强的表演才华，有的人长于实干实战独当一面、有的人强在出谋划策能参善谋。"良才美器宜尽用，用人得当事功倍"，如何正确认识自己，如何准确定位自己，如何使自己所具有的天分、禀赋、特质与自己所从事的职业、所干的事业尽可能的匹配起来，使自己所干的事业与时代发展的潮流一致起来，这是成就事业的关键。

在我们的现实生活中，许许多多的人完全没有职业意识，对于入哪行、干什么完全是随机而为。有的是祖辈相传、有的是父母所好、有的是机缘所为、有的是随波逐流,更多的人是为生计所迫、为资源而定、为逐利而行。

如果是为了生存、为了生计而从业,是无可厚非的。但在解决了生存问题之后、在具备择业条件的情况下,从干事创业的角度上说,就必须认真考虑择业问题了。

俗话说"男人入对行,女人嫁对郎"。正确择业是干事创业的基础,是事业成功的第一步棋,是创造辉煌、成就人生事业的关键所在。欧斯拉讲过:"不论从事哪种职业,走向成功的第一步,就是必须对这种职业感兴趣。"因此,选择职业不能盲目跟风、逐利而行,要针对自己的特质、特点来选择自己喜欢的、热爱且擅长的行业职业。

墨子说"知者必量其力所能至而从焉",宋人张孝祥说"立志欲坚不欲锐,成功在久不在速"。因此,对于具有远大志向、想干事创业的人来说,从长远来规划人生、规划事业,就要客观定位、从长计议,高瞻远瞩、正确选择,而一旦定下了目标、找准了航向就要坚决地付诸行动，而且要尽可能地"从一而终"、坚守不变。只有脚踏实地、坚定执着、忠于职守、披荆斩棘、乘风破浪，才能把事业的航船驶向辉煌的彼岸。

二、敬 业

敬业就是专心致力于事业，就是对自己所从事职业的工作态度。中华民族历来有"敬业乐群""忠于职守"的传统美德。子曰"执事敬""事思敬"，意思就是对自己所从事的职业要敬畏敬仰、尽心尽力，对自己所干的事业要全心全意、全力以赴，就是要专心致志、殚精竭虑。

北宋理学家程颢说："所谓敬者，主之一谓敬；所谓一者，无适之谓一。"干事创业就是要心无旁骛、专心致志，郑板桥诗云："咬定青山不放松，立根原在破岩中。千磨万击还坚劲，任尔东南西北风。"干事业不能摇摆不定、三心二意、左顾右盼，要像唐朝诗人刘禹锡在《浪淘沙》中说的"莫道谗言如浪深，莫言迁客似沙沉；千淘万漉虽辛苦，吹尽黄沙始到金"那样有掘井见水、淘沙见金的精神，忠贞不贰、坚定执着。真正做到"踏石留印、抓铁有痕"。

《文选·班固》说："靖潜处以永思兮，经日月而弥远。"只有走最艰苦的路才能看到最美好的风景，只有在艰难困苦中前行才能感悟成功的幸福和喜悦，含泪播种的人一定能够含笑收获。要能够干成事、创成业就必须锐意进取、坚韧不拔、"排除万难，去争取胜利"，就必须像开弓的箭永不回头，"逢山开路，遇水架桥"，有"不到长城非好汉"的决心、意志和勇气，直指目标，不达目标绝不收兵。

朱熹说："非弘不能胜其重，非毅不能致其远。"在选择了自己的职业后，干事创业就要"咬定青山不放松"，锲而不舍、凝神聚气、全力以赴，用才华、智慧和汗水来浇灌、来呵护，用时光、勤奋和坚守来打磨、来凝练。无论遇到什么困难、什么挫折、什么坎坷都要勇往直前、义无反顾，而不能见到困难就回避、碰到挫折就泄气、遇到坎坷就转向。

韩愈在《师说》中讲："闻道有先后，术业有专攻。"专攻就是要专一，不能贪大求全。老子说："天下难事必作于易，天下大事必作于细。"现代社会行业纷呈繁多，社会分工越来越细，产业结构日新月异，新产业新业态不断涌现。对从业人员来说是非常好的时代，有很多的选择机会、有很多的空间舞台。这本是成就事业的极好机会，但也使许多人眼花缭乱、来回折腾，缺乏定性、不断跳槽。这山看着那山高，这行看着那行好，就像猴子掰苞谷，掰一个扔一个，最后是两手空空。元朝乔吉有词："朝三暮四，昨非今是。痴儿不解枯荣事。攒家私，宠花枝。黄金壮起荒淫志，千百锭买张招状纸。身，已至此，心，犹未死。"许多人正是朝三暮四、昨非今是，游走于各种行业、职业之间，看似知识面很宽，懂的东西很多，谈什么都口若悬河，但是只解皮毛、浮在面上，缺乏纯度、厚度、深度、精度，什么都懂一点，什么都不精深。缺乏"干一行爱一行，爱一行钻一行，钻一行精一行"的韧劲，像断了线的风筝、水上的浮萍，总是漂浮不定，永远都找不到事业的归宿。

韩愈说"业精于勤而荒于嬉，行成于思而毁于随"，古人讲"玩物丧志"。现代的社会生活五彩缤纷，诱惑我们的东西实在是太多太多了，除了名利、金钱、美色这些世人都难以抗拒的诱惑之外，现代社会的网络、微博、微信、游戏、QQ、美食、电视、酒吧、麻将等等丰富、浸染了现代生活，使我们的生活更加多姿多彩，但也使许多人特别是年轻人投入的时间过多、耗费的精力过大，有的甚至沉迷于玩游戏、玩手机、搞赌博而欲罢不能，浑浑噩噩、不思进取，把大量的时间、精力、金钱，有的甚至把工作、学习的时间都搭了进去而不能自拔。随之出现了什么博彩业、"低头族""游戏迷""瘾君子"、博客、"大V"等等，甚至催生了一些新的产业。德国哲学家叔本华在《人生的智慧》里讲："大致而言，一个人对与人交往的热衷程度，与他的智力的平庸及思想的贫乏成正比。人们在这个世界上要么选择独处，要么选择庸俗，除此之外，再没有更多别的选择了。"李白说"古来圣贤皆寂寞"。有人说，寂寞是一块试金石，可以试出一个人的意志是否坚韧；寂寞更是酝酿成就的养料。我理解：寂寞与成功是成正比的，只有耐得住寂寞才能成就事业，只有身心沉静才能开启智慧之门，只有心灵宁静才能激活思想之光。但有的人玩心太重，热衷于玩、沉迷于玩，错误地把应酬当作"荣耀"、当作"成就"。有的人甚至"玩"到了走火入魔的病态程度，既毁了自己的青春年华，也毁了自己的事业前程，还毁了自己的天伦亲情。

敬业要有工匠精神。俗话说："宝剑锋从磨砺出，梅花香自苦寒来。"唐代黄檗禅师讲："不经一番彻骨寒，哪得梅花扑鼻香。"功利社会带来了人心的浮躁，人们静不下心来学习技能、钻研业务，不少的人急功近利、蜻蜓点水，总想一夜成名、一口吃个胖子，缺乏吃苦精神和奋斗精神。任何成绩的取得，都是要经过艰苦奋斗甚至艰难曲折的。司马迁在《报任安书》中写道："文王拘而演《周易》；仲尼厄而作《春秋》；屈原放逐乃赋《离骚》；左丘失明，厥有《国语》；孙子膑脚，兵法修列；不韦迁蜀，世传《吕览》；韩非囚秦，《说难》《孤愤》；《诗》三百篇，大底圣贤发愤之所作为也。"因此，敬业就是要有工匠精神。要像匠人那样沉下心来拜师学艺，拿出十年磨一剑的耐心和决心，发扬滴水穿石的精神。荀子说"锲而不舍，金石可镂"，俗话讲"只要功夫深，铁杵磨成针""吃得苦中苦，方为人上人"。培养工匠精神要不拒枯燥、不畏寂寞、不怕失败，千磨万击、千锤百炼、默默耕耘，要用时光慢慢打磨、用汗水浸润浇灌、用青春智慧书写绘就，要像荀子说的"骐骥一跃，不能十步；驽马十驾，功在不舍"一样。

敬业要追求一流。我国"两弹一星"科学家钱三强说："古往今来，凡成就事业，对人类有所作为的，无不是脚踏实地、艰苦登攀的结果。"曾国藩讲："身勤、眼勤、手勤、口勤、心勤，五者皆到，无不尽职矣。"许多人干事只求过得去、不求高标准，只想应对过程、不考虑效果结局，满足于会了、干了，做事漫不经心，应付了事。长此以往，在不知不觉中会形成拖拉疲沓的办事作风，不仅工作干不好，而且会消磨自己的意志、消耗自己的青春年华、浪费自己的聪明才智和干事创业的大好时光。追求"一流"、追求"更好、更高"是成就事业的灵魂，甚至是事业成败的决定因素。相同材料、相同款式的产品，无论是汽车、服装、食品，还是手机、手表、箱包等因其品牌不同、标准不同、工艺流程不同、严谨细致不同，其价格差异非常大；星级宾馆的"回锅肉"与街边店的"回锅肉"虽然都是猪肉，但相差几倍的价钱；相同材料、颜色、款式的一件西服因其品牌、标准、工艺、精细程度不同，价格相差几倍甚至几十倍。《论语》讲："取乎其上，得乎其中；取乎其中，得乎其下；取乎其下，则无所得矣。"我们的工作不一定都能用价格来衡量，也不是每天的工作都十分重要，但形成的工作作风、工作的标准和追求"更好、更高"的理念实在是太重要了！追求高标准就会在高标准上不断提升，追求"过得去"就会出现"过不去"的结果。每个人都有同学、同事，起点相同、起步相同、条件相同。但因工作标准不同、努力程度不同、奋斗精神不同，日积月累，多年以后，业绩不同了、成就不同了、能力素质不同了。因此，工作绝不能马马虎虎、应付了事。"世上没有后悔药"，许多人明白这个道理后悔之晚也。陶渊明诗云："盛年不重来，一日难再晨。及时当勉励，岁月不待人。"李白说："君不见黄河之水天上来，奔流到海不复回；君不见高堂明镜悲白发，朝如青丝暮成雪。"清代屈复诗云："百金买骏马，千金买美人。万金买高爵，何处买青春？"许多事可以重来，但时光一去不回头、青春一去不复返，人生不可能重来。因此，无论做什么事都要追求一流、追求卓越。这不仅是工作标准、工作作风问题，也是珍惜生命、珍惜机会、提升层次、成就事业的人生定律。

敬业就要干好每一件事、干好每一天的事。不论事大事小、事重事轻、事急事缓都要认真对待，一丝不苟，凡事尽可能做到日清。请听听明朝文嘉的《明日歌》："明日复明日，明日何其多，我生待明日，万事成蹉跎。世人若被明日累，春去秋来老将至。朝看东流水，暮看日西坠。百年明日能几回，请君听我明日歌。"这首明日歌写得非常好，纵观古今，多少人被"待明日""等明日"所误！多少人被"今朝有酒今朝醉，明日愁来明日愁"所毁！

敬业要尽心。要把心思放在工作上、放在事业上。对于工作中遇到的新情况、新问题要及时思考、研究、应对，拿出有效的办法措施，对于发展进程中遇到的新挑战、新风险、新趋势要有敏锐性，及时感知、预判、化解。不仅仅要对工作尽职尽责、埋头苦干，还要用心去研究、探索、总结；不仅仅会按常规干、按套路干，还要能突破常规、创新思路、创新方法地干。

敬业要专心。《大学》讲："物有本末，事有始终。知所先后，则近道也。"俗话说："一心不可二用。"现在许多年轻人做事不专心、不按规则出牌，该读书的时候不认真读书要谈恋爱，该谈恋爱的时候不谈恋爱要工作，该工作的时候不认真工作又想读书，该生孩子的时候不生孩子想干事业，到了年龄大了又想生孩子，该吃苦的时候却忙着享受，到了该享福的晚年却吃苦受累。人生在不同的年龄阶段有不同的责任和义务，"反季节蔬菜"的投入会更大、风险也更大，况且，人生不是蔬菜，不可以重来、不可能反季节。因此，专心致志地做好各阶段的事是走顺人生道路的普遍规律。

敬业要有目标。目标是牵引，目标是导航。无论是在职场还是商场、无论是在官场还是竞技场都要确立勇争一流的目标，而战场上只有冠军没有亚军，只有胜利者和失败者之分。

人生是要有目标的。伟大的目标促成伟大的人生，伟大的目标激发伟大的动力，伟大的目标成就伟大的人物。一辈子要有目标，一个阶段要有目标，一年要有目标,每月、每周、每天都要有目标。一个人追求的目标越高越直接,其进步就越快越大,对社会的贡献也就越大越有益。许多人也有人生的目标、阶段的目标,能够按目标、按规划脚踏实地的奋斗者大多都终成正果。而有的人的目标或过于高大、过于空洞,不符合自身实际、不符合客观规律、不符合时代要求,成了画饼充饥、自我慰藉的愿景;或见异思迁、追潮逐浪、不接地气,缺乏扎扎实实的基础,成天喊口号、自我陶醉,纯粹假把式地自欺欺人,最终都将成为空头支票。而有的人目标、规划也定得很好,但缺乏锲而不舍、久久为功的实干精神,奋斗过程中图安逸、贪享受、打折扣、降标准,自我放弃、自我淘汰,最后半途而废甚至一事无成。

一分耕耘,一分收获。天上是不会掉馅饼的,即使掉也只有"有准备"的人才能接到。有多大的付出才可能有多大的收获,这是客观规律,任何人都不可能突破。有些人相信命运、迷信命运、相信"命中注定",但命运再好也不可能坐享其成、守株待兔。冯梦龙在《醒世恒言》中写道:"富贵本无根,尽从勤里得。请观懒惰者，面带饥寒色。"李绅诗云："春种一粒粟，秋收万颗子。"没有耕耘哪有收获？没有播种哪来的开花结果？这是亘古不变的道理。

有许多人不能正确处理家庭与敬业的关系。干工作时老想着家里的事，因为过多地照顾家庭而影响工作；在家里休息时又老想着工作上的事，结果是家庭没照顾好工作也没干好。家庭是事业的避风港，事业是家庭的加油站。没有好的事业成果，就没有稳定、丰厚的收入；没有足够的收入，家庭的幸福就会打折扣；没有幸福的家庭，干事创业就缺少动力源泉，事业也会受到影响。因此，二者是相辅相成的，并非是不可调和的矛盾，二者都很重要，不能顾此失彼，关键是如何处理好。

过去讲"忠孝不能两全"，现在交通便捷、信息畅通，完全有条件做到"忠孝两全"，并不需要像大禹那样"三过家门而不入"。但分清主次与轻重缓急确实十分重要，处理好了，能使家庭成为干事创业的动力源，能让事业成为家庭幸福的倍增器。

敬业是做事的基本功课、是干事创业的必备品格。

不论个人的能力怎样、智慧如何、条件好坏，也不论个人的事业大小、成就大小、目标大小，敬业都是做事的基础条件，都是创业的前提要求，这是谁也绕不过去的道。

三、事　业

汉语词典解释：所谓事业，是指人们所从事的，具有一定目标、规划和系统的对社会发展有影响的经常活动；有时事业也可以指个人的成就。我们这里所讲的"事业"专指个人由职业延伸而来的成就。

事业不是每个人都能够拥有、都能够实现的，事业是一个人做事的最高境界、最高成就，是一个人一辈子为之奋斗、为之努力、为之付出的职业追求，是一个人倾其一生的心血、智慧、精力不懈追求的职业成果。

能够将职业做成事业者凤毛麟角，大多数人是做不到的。只有那些有思想、有目标、有意志、有魄力、有能力甚至还要有点运气的佼佼者才能做到。可以说，能够成就事业特别是大事业者，他们都是时代的精英、时代的楷模，是行业、领域的领跑者，是社会发展进步的创造者、推动者、贡献者，也是人生的成功者。

能成就事业者，首先要有远大的理想抱负。清代文学家蒲松龄有名联："有志者事竟成，破釜沉舟，百二秦关终属楚；苦心人天不负，卧薪尝胆，三千越甲可吞吴。"事业的定义是有目标、有规模、有系统的对社会发展有影响的经常活动，不是乱撞乱碰、信马由缰、率性而为可成就的，更不是空想狂妄、纸上谈兵、眼高手低可成就的。而是要根据社会发展进程、时代前进潮流、经济文化水平、行业领域前景、人民现实需求等等条件，结合客观实际、具有前瞻引领、周密科学规划而确定的远大目标，并为之矢志不移、不懈奋斗追求，久久为功才能够实现的。

泉源无声可为江河，涓涓细流汇为大海。事业之路漫长艰辛、艰难曲折，充满着无数的坎坷、荆棘和变数。苏轼说："古之立大事者，不惟有超世之才，亦必有坚韧不拔之志。"为什么事业的成功者只是少数、成就大事业者是极少数？因为许多人奋斗目标不够科学合理，理想抱负不够坚定执着，遇到困难、挫折和坎坷就逃避了、转向了、颓废了。孟子说："天将降大任于斯人也，必先苦其心智，劳其筋骨，饿其体肤，空乏其身，行拂乱其所为，所以动心忍性，曾益其所不能。"古往今来，但凡成就大事者，不经受一些磨难、磨砺，不经过艰苦漫长的奋斗甚至是与失败、痛苦的抗争，怎么可能成功呢？"台上三分钟，台下十年功"，王安石说："看似寻常最奇崛，成如容易却艰辛。"人们往往只看到别人成功时的幸福、喜悦和辉煌，而不能体会别人的付出、艰辛和奋斗。干事业就像大浪淘沙，淘去的不一定全是沙子，但剩下的肯定是金子。

兵无常势，水无常形。事业的道路是漫长的，是要一辈子甚至几代人为之奋斗的。在这个漫长的征程中，会发生许许多多的变化变故，有社会变革、时代变迁、政策调整、资源变动等可能变因。因此，要紧紧围绕确定的目标、紧扣时代发展的脉动、紧贴改变了的条件、结合发展趋势的走向，不断调整、优化、完善、修正原有的预案、规划、方法、路径，朝着既定的大方向、大目标不断奋斗。只有像习近平同志讲的"不忘初心，继续前进"，才能够成就大事业。

干事业要广用人才，凝聚智慧。事业有大有小，但凡大一点的事业，就不是能凭一己之力可为的，事业越大，需要的人才越多越广。因此，人才是干事创业的核心资源、是事业成败的关键要素。如何用人，这是一门深奥的学问。有人说：会用人才只能是基本套路，会用偏才算是懂一点门道，会用庸才才算掌握了用人的真谛，这个说法是有道理的。因此，善于发现人才、培养人才、使用人才、驾驭人才是做好事业的基础，善于发挥群体力量、凝聚集体智慧、调动一切积极因素、善用各种资源条件是做大、做强事业必备的思维理念。

用人集智是成就事业的命门。会用人集智者能成就事业，善用人集智者能成就大事业。古往今来许多圣贤先师、圣君明主、大亨商贾留下的很多经典论述和经验教训值得我们学习借鉴，如曾子说的"用师者王、用友者霸、用徒者亡"，三国曹丕讲的"得人则安，失人则危"，苏东坡说的"文武之功，未有不以得人而成者也"。用人集智就是要广泛聚集人才，大胆培养、使用人才，激发、凝聚人才的智慧，发挥、重用人才队伍的特长和本领为共同的事业不懈奋斗。

如何用人？这是每一个干大事业的人都要面临的

"大课题",可谓"条条大路通北京"、人人都有自己的用人章法,自古至今都没有标准答案。我个人的理解:应该"举贤而重功""兴智慧而遏谋略""主公正而扶挚友"。举贤而重功:就是举荐贤才、提拔人才、培养人才、使用人才应该特别注重"功劳",特别突出"业绩""政绩",要把贡献大小、业绩大小、立功大小作为根本的衡量标准。这既有利于事业的长远发展又能服众望服人心,还能招揽人才、凝聚人才、团结人才,激发人才把精力和心思都用在工作上、把智慧和才华都用在干事业上,长此以往就会"猛将如云,谋臣如雨",形成干事业的人才氛围、价值氛围、文化氛围;也符合"按劳分配""论功行赏""论称分金"的基本法则。而不能凭关系、凭好恶、失公正、分亲疏地搞"火箭提拔""异地飞升""跑马观花三级跳""蜻蜓点水连连升",刻意安排"履历镀金"、专门设计"标准条件"、盯着位子"量身定做",若这样干则会让那些忠诚敬业、业绩政绩突出者心寒,会让一些有远大抱负、有超群才华、立志事业者心灰意冷。久而久之会失人心、失人才、误事业,严重的甚至"兵败如山倒"、众叛亲离而致事业失败。因此，用人必须遵循"举贤而重功"的法则，这样事业才能持久兴盛、蓬勃发展、江山永固。兴智慧而遏谋略：就是评价人才、培养人才、重用人才时要重品德、重智慧、重素质，要把思维层次、眼界学识、大局意识、胸怀品行等作为最重要的考量条件优先考虑、优先使用，不拘一格、任人唯贤。对那些急功近利报喜藏忧、花拳绣腿做表面文章、杀鸡取卵搞政绩工程、牺牲长远弄短期效应、拉票贿赂整团团伙伙、不讲原则当老好人、无事生非毁人声誉、不顾大局故意装傻，耍阴谋、玩虚招、工心计、架天线、搞勾兑的人和现象要旗帜鲜明地反对、理直气壮地批判、坚持不懈地进行遏制，形成鲜明的价值导向、用人导向，形成"以人品立身、靠本事吃饭、凭业绩进步"的氛围和环境，使"兴智慧而遏谋略"成为用人的根本取向、成为成就事业的价值导向。主公正而扶挚友：人是感情动物，在有人群的地方就会有"人情"存在，无论是群体还是个人都会有情感。因此，在干事业的过程中，在用人的过程中都存在情感因素。"水至清则无鱼，人至察则无徒"，"打虎亲兄弟，上阵父子兵"。人不能"铁板一块""油盐不进""不食人间烟火",应该有血有肉重感情,既讲原则又讲感情。不能只讲感情不讲原则,也不能只讲原则不讲感情。怎么处理情感中用人问题呢?我的理解是:主公正而扶挚友。根本的用人原则应该都是公平公正的,但对忠诚敬业、志同道合、有共同理想追求、并肩同行的老同事、老战友、老部下等,应该在坚持公平公正、"五湖四海"原则的前提下给予扶持,这种扶持不是离开公平原则的"偏袒",也不是无原则的"照顾"、更不是结成所谓的"山头""盟友",而是多帮助、多点拨、多指导、多提示、多敲打,使其尽可能地提高能力素质、思维层次、胸襟气度、工作标准,使其多出成果、多做贡献、多创业绩、多建功勋,对这样的部属要常拉袖子、常敲警钟、常查短板、常查毛病,使其不犯大错误、减少小错误、杜绝关键问题的错误、避免重大问题的失误、注重形象注重公论,确保对其重用、使用能够水到渠成、顺理成章、合情合理、能孚众望。这样,既坚持了公平公正原则,又扶持、关心和帮助了志同道合的挚友,还能凝聚朋友、汇聚人才,推进事业持久发展。

我们处于现代文明快速发展的时代，干事创业往往都要依靠群体的力量、团队的力量，单打独斗的"英雄时代"早已成为历史。无论是行政管理、科学研究还是企业发展、商业经营甚至小到群团运行、社区服务等等都离不开团队合作，都必须建立和运用现代管理体制和理念。因此，用人集智更加重要。人之用，民之幸也，才之用，国之幸也。有的人由于自身的胸怀、气度、层次、能力、修养不够，害怕权力被抢，担心部下"功高震主"，故意甚至是千方百计地刁难人才、压制人才、排挤人才，这实在不是干大事业的胸怀格调。汉高祖刘邦说自己：论运筹帷幄之中，决胜于千里之外，我不如张良；论抚慰百姓供应粮草，我不如萧何；论领兵百万，决战沙场，百战百胜，我不如韩信。可是，我能做到知人善用，发挥他们的才干，这才是我们取胜的真正原因。他还说：至于项羽，他只有范增一个人可用，但又猜疑，这是他最后失败的原因。刘邦的这两段话道出了集智用人的精妙。在当今的时代，更需要建立和完善符合现代管理理念的体制机制，使之形成：人按职责干、事按制度办、物按规定管、权按程序用的制度规范和科学运行机制。

干事业要善于借势，顺应潮流。荀子说：借助于车马的人，不必自己跑得快，却能远行千里；借助于舟船的人，不必自己善水性，却能渡江河。君子生性与别人无异，只是因为他善于借助和利用外物，所以就不同了。故善于借势者，一顺百顺，事事如意；不善于势者，处处掣肘，举步维艰，凄风苦雨。顺应潮流就是遵循客观规律、尊重科学、尊重自然、尊重时势、尊重法则，就是顺势而为、水到渠成、自然而然。顺应就是遵循、顺从，不能违背、不能逆行。有的人特别固执，为了显示自己决断的正确（或一言九鼎的权威），不听劝告、一意孤行，不碰南墙不回头，甚至明知不可为而为之，结果碰得头破血流、一败涂地。借势就是要围绕事业的需要借助法律、政策、权威、上级、环境、天时、地利、人和等方面的势，诸葛亮"借东风"就是典型的案例。善于借势、顺应潮流能起到"四两拨千斤"之效，只有善于借势、顺应潮流，才能把事业做得顺风顺水、事半功倍。

干事业要巧用资源，利益共享。巧用资源就是善于运用方方面面的资源，如法律资源、政策资源、文化资源、经济资源、自然资源、人脉资源等，巧用资源还包括能够发掘资源、储备资源、创造资源等。利益共享就是要分享，俗话说：人聚财散，财聚人散（意思是要把人心凝聚起来就要把财富与大家分享，如果把财富都装入自己腰包独享，人心就散了）。有舍有得才能共进共退，懂得共享才能共荣共辱。范蠡说"飞鸟尽，良弓藏；狡兔死，走狗烹"，历史上"卸磨杀驴"的事例实在太多，宋太祖赵匡胤"杯酒释兵权"算是最文雅的了，多少人被"可共患难，不可共荣华"的魔咒扼杀？只有天知地知了！独占利益、独占成果、不懂得共享是成就不了大事业的，即使一时取得了一些成就，也不可能长久保持、蓬勃发展。"水能载舟，亦能覆舟"，"得民心者得天下"，孙子说："上下同欲者胜。"人心聚才能事业兴，同分享才能共进退，人心聚散关乎事业成败。

干事业要善于驾驭，收放有度。当事业发展到一定程度、规模后，有的人会被胜利冲昏头脑，会对事业的顺利发展沾沾自喜、对取得的进步和成绩孤芳自赏。有的甚至不知天高地厚、得意忘形、轻狂自傲，盲目扩张、轻率决策、独断专行，引起团队混乱、产生内讧，严重的出现人心尽失，甚至纵有千军万马，也落得个妻离子散、死无葬身之地。这样的失败者从帝王将相到总裁大亨、从各级行政大员到经理老总可以说多如牛毛、不计其数。清代陈澹然讲："不谋万世者，不足谋一时；不谋全局者，不足谋一域。"因此，要善于放权赋权，把权力赋予能够担当驾驭权力的人、能够对权力负责任的人、能够尽职尽责的人，对于不能对权力负责的，要及时发现、果断收回，做到收放有度。顺境时稳扎稳打、逆境时坚定沉着，无论什么情况都要努力调动团队的一切积极因素、营造昂扬进取的团队氛围，主动、及时为部属扫清工作中的各种障碍，当好部属的坚强后盾和放心"保姆"。善于凝聚力量、善于驾驭团队、善于放权用人，适时调整目标引领，前瞻性地规划发展路径，收放有度地赋权放权是做大做强事业的思想境界、胸怀品质。

干事业要善于带班子，育人才。无论是从政、从军、从商还是干企业、当老板、搞科研，甚至带施工队、开连锁店、办餐饮做服务，当事业发展到较高的程度、团队的规模较大时，要保持事业的不断进步，其实就是怎么谋划长远、把握方向、统筹协调、驾驭全局、当好领导的问题了。"领导"不是专指"大官""大人物"，"领导"有大有小，凡负有带领、管理、教育、经营团队等责任的都是"领导"。怎么当好领导，每个人都会有自己的套路、自己的方法、自己的领导艺术，有的靠权威、有的靠本领、有的靠感情、有的靠经验、有的靠资历、有的甚至靠"手段"。"领导"这两个字内涵深广，"领"有带领、引领、率领等意思，"导"有指导、引导、教导等意思。现实中许多人偏重于"领导权力"的领悟，偏重于"发号施令"，注重领导地位、领导权威、领导权力的理解和运用，缺少了"导"的探索实践。而对于领导者来说，恰恰是引导、指导、教导的含义更为重要。我个人的粗浅理解是，一个优秀的、出色的领导者，对部下应该是：教方法、传经验、授知识、带作风、给压力、鼓干劲、立规矩、树人品。

教方法，就是在安排工作、赋予任务时，要对如何把握大的思路、关键的环节路径、可利用的资源条件、要达到的目标效果等提出明确的意见、方法，使部下更准确地理解任务、要求和标准，掌握方法、途径和政策等。就像组织战斗，部下问："怎么打？"领导者不能只说："给我狠狠地打！"你要告诉他：当前任务、后续任务、使用兵力、战法运用、友邻单位、协同方法、保障条件、完成时限等等。以确保事业的局部与整体的高度契合、总目标与分项目的精准衔接、整体与点位的协调配合。长此以往，不仅能顺利地完成各个阶段、各个方向的任务，还能形成相辅相成、相互策应、相互激励竞争的良好局势，而且在完成任务的同时带出了好班子、锻炼、培养了人才队伍。

传经验，就是把自己在工作中积累的经验教训教给部属。作为领导者，经历阅历、岗位锻炼、经验积累、思考深度、见识见地等都会比部属积累得更丰富一些。在工作中，要不失时机、毫无保留地传给部属、启迪部属，并在工作中适时地指导部属、帮助部属、讲评部属，对他们取得的成绩要及时肯定，对他们探索的成功经验要及时总结推广，对存在的不足也要及时指出纠正。要通过实际工作、不同的工作岗位、不同矛盾问题的处理解决等实践磨砺，锻炼培养部属独立思考、独立工作、独立决断、独立处理矛盾问题的能力。

授知识，就是要利用各种时机和条件给部属传授知识。辛弃疾在一首《水龙吟》中写道："功名本是真儒事，公知否？"领导者要有广博的知识、超前的思维和敏锐的洞察力，要能不断地给团队传授新知识、新理念、新思想。这些知识越广泛越好，可以是专业知识，也可以是非专业知识，但要区分层次、区别对象。包括历史文化、哲学艺术、法律法规、诗词歌赋、传统道德、人文哲理，也包括国际形势、国家政策、发展战略、科技展望、行业趋势、管理理念、金融消费，甚至包括健康常识、人生价值、修养礼仪等等。其目的是营造团队的学习氛围、培养团队的学习精神、提升团队的精神品质、开阔团队的思维胸襟、提振团队的进取意志。通过知识的传授、文化的传播、艺术的品鉴、价值的追求来感染人、陶冶人、启迪人、培养人、凝聚人，从而提升团队的精气神。

带作风，就是要通过领导者自己的价值追求、敬业精神、人生态度、意志品格、行为方式等引领和带领团队，形成好的思想作风、工作作风、生活作风。俗话说"跟着好人学好人，跟着师娘（方言，读音'sī niāng'）跳假神"，"近朱者赤，近墨者黑"，许多人爱看"上面"的脸色行事，有的人甚至喜欢琢磨领导。"上行下效""上有所好，下必甚焉""楚王好细腰，宫中多饿死"，领导喜欢什么，什么就盛行，领导爱好什么，什么就流行。所以，一个团队的作风是带出来的，好与不好关键看领导。"兵熊熊一个，将熊熊一窝"，"将帅无能，累死三军"。领导的作风好，团队的作风就好；领导的人品正，团队的风气就正；领导的形象好，团队的正能量就盛。作风是团队的意志品质、是团队的形象气质、是团队的精神信念。对团队逐渐形成的好的作风要不断强化，对已经形成的好的作风要逐步规范形成制度，慢慢固定下来。久而久之，好的作风就会形成团队的品牌、团队的价值、团队的文化，这样的团队就会成为具有优良传统和优良作风的团队，就会无坚不摧、无往不胜。

给压力，就是给部属和团队安排的工作、任务以及定下的目标要有压力。使其通过努力能够实现、能够"跳起摸高",尽可能地激发其潜能、激励其勇气和智慧。但压力又不能过大,不能把人压垮,要掌控在能力具备、能够承受的范围之内。"狭路相逢勇者胜",人才是逼出来的、兵是练出来的、部队是打出来的。弹簧的能量来自压力,没有压力弹簧就无法展示其能量。压力得当,就会创造奇迹,就会化腐朽为神奇。要通过压力来培养能力、锻造意志、增强信心、激发能量、挑战极限。

鼓干劲,就是要给信心不足、意志不坚、胆气不壮、缺乏经验的部属和团队鼓干劲。要让其从小胜做起、从小功开始,并在其平凡中寻找其闪光点,及时给予表扬肯定、鼓励鞭策。《左传》讲:"夫战,勇气也。一鼓作气,再而衰,三而竭。"切忌嘲笑讽刺、调侃戏弄,气可鼓不可泄、"士可杀不可辱"。既要"量体裁衣",又要"人尽其才",要尽可能使每个人都有展示才华的舞台,使每个人都能各得其所,都能发挥作用,都有成就感。这样带团队就会"化腐朽为神奇",就会越战越勇、越干越好,就会迸发能量、超越极限,甚至产生核聚变效应，有时会收到比预想更好的效果。

立规矩，就是要建章立制。国有国法，家有家规。任何一个组织、任何一个团体、任何一个团队都应该有自己的规章制度，也必须建立符合现代文明、现代管理理念的规章制度。《论权者谋》讲："小智者治事、慧智者治人、大智者治心，睿智者治道、圣智者治身。"因此，立规矩是领导者必须履行的一项重要职责。规矩立在前头，不针对任何人，对谁都一视同仁，任何人违反都要照章处罚、坚决处理，决不能迁就照顾、下不为例。领导者要做到：凡是要求别人做的自己带头做到，凡是要求别人不做的自己坚决不做。领导者必须像曹操"割发代首"那样身体力行、带头遵守执行，否则，规矩的权威性就会慢慢消降。要做到：功过分明、赏罚严明，"赏赐不加于无功，刑罚不施于无罪"。所立的规矩要符合国家的法律法令、符合社会发展阶段的普遍认同、要合情合理，不能过于苛刻，至少让百分之七十以上的人能够自觉做到，不能立大部分人都做不到、做不好的规矩。如果规矩不合理或执行不严格，就会成为"稻草人"，就会出现形同虚设、法不责众的局面，一且出现这样的问题，就是失败的规矩。失败的规矩不仅不能起到好的作用，还会因为执行不了而消解权威，甚至引起混乱。

树人品，就是领导者的价值追求、奋斗精神、人品官德、修养学识、为人处世等要能够成为部属的楷模、成为部属内心深处的精神高地和崇拜偶像、成为部属心甘情愿追随的引领者。这样的人品不是高高在上、不食人间烟火的"神"，也不是油滑狡诈、心狠手辣、俗不可耐的"痞"，而是层次高、学养厚、接地气、善谋断、有感情、有魄力、敢担当的"人"。"刑罚积而民怨背，礼仪积而民和亲"，领导者要能"总文武之道、严赏罚之科、操刚柔之术"，既要对团队的发展方向、发展思路、发展目标等有超前的规划、布势、决断，又要对团队的驾驭、管理、奖惩、分配等有坚强的组织和领导，还要对部属的成长进步、学习修养、身心健康、生活家庭等给予真诚的关心、帮助。对于工作中发生的问题要分清责任，该自己担当的必须勇于担当，该处理的人也必须依法依规坚决处理。处理时重在教育引导、吸取教训，而不应一棒子打死。孟子讲："善政不如善教之得民也。善政，民畏之；善教，民爱之。善政得民财，善教得民心。"领导者要用自己的人品官德、眼界学识、思维理念引领团队、引领风气、传道教化。

讲话是领导者的必备素质。"讲话"是领导者实施领导活动的一项重要工作、重要职责，是领导者的思维层次、学识理念、逻辑思维、应变能力、语言艺术、人格魅力的综合反映，是领导者领导能力、领导风格的展示窗口。"居高声自远，非是藉秋风"，领导者特别是高层领导者的思维理念、运筹谋划、决策决断、驾驭掌控、领导能力等下级、部属是不一定能够了解、能够感受到的，唯一能够直接感受的就是听领导者讲话。因此，领导者必须对"讲话"高度重视。但有的领导者对此不太在意、不够重视，有的讲话过于随便，像拉家常；有的讲话不分场合，不分对象；有的讲话逻辑混乱，前后矛盾；有的讲话曲高和寡、不切实际；有的讲话啰啰唆唆，又臭又长；有的全是官话、套话、空话甚至假话。这样的讲话不仅效果不好，甚至会损坏领导者形象、损害领导权威。一个优秀、有远见、有能力的领导者会认真对待每一次讲话，把"讲话"（讲课）当作职责来履行，当作事业来对待，当作宣传理念、传递思想、授业解惑、激发斗志、凝聚力量的机会来把握，无论是会议讲话还是辅导讲课都认真准备。好的讲话（讲课）都是有思想、有知识、有信息、贴实际、接地气、鼓舞人的，都是语言生动、措辞准确、用典精到、例证贴切、简短精练、情真意切的，都是能让人耳目一新、精神一振、信心倍增，能让听众心情愉悦、情感呼应、思想共鸣的，即使是即兴讲话甚至批评讲话也能启迪思想、增长知识、凝聚力量，让听众如沐春风、如饮甘露、醍醐灌顶、拨云见日。听这样的领导者讲话（讲课）是精神享受、精神洗礼，能增长知识、增强信心、开阔视野，听者不仅愿意听，而且发自内心地想多听。因此，领导者不能把讲话当作完成任务、走个程序、照本宣科、念念稿子，不能自说自话、自我感觉良好、不顾听众情绪。要结合听众反映、现场气氛等实际，把"讲话"当作宣传阵地、当作宣讲课堂、当作广告录制、当作现场直播认真对待，这既是领导者（讲话人）对自己的负责，也是对听众的尊重，更是领导者应该具备的素质和当好领导必须具备的基本功。

干事业要能适应岗位调整。俗话说：人能处处能，草能处处生。随着事业的发展，工作的岗位是会调整变化的。无论什么样的调整，都要以积极的态度、饱满的激情尽快适应新岗位、进入新角色、履行新职责。要运用好已掌握的领导规律、领导方法、领导艺术上的相通性，去寻找新的领导岗位的特殊性，使领导才能在新的领导岗位上得到迅速的发挥。在新的岗位上学习新知识、掌握新本领、积累新经验、创造新业绩。只有在一个一个岗位上、一步一个脚印地打基础、创辉煌，才有可能在更高的岗位上施展才华，才能把事业做得更大、做得更好、做得更强。任何一个岗位、任何一个台阶都不能马虎、不能懈怠，干不好当下的工作、履行不好当下的职责，是不可能到更高、更重要的岗位去发展的，即使有这样的机会，那也是强弩之末，是个人事业发展的终点站。

要学会做副职、当助手。没有闲置的岗位，只有无能的庸人。有的人当主官时充满激情，当副职后无所作为；有的人当主官时耀武扬威，当副职后唯唯诺诺；有的人当主官时唯我独尊，当副职后也不知天高地厚。当主官应该把握全局、掌控大局，主动征求副职意见、充分发挥团队力量、凝聚集体智慧；支持副职、信任副职，让副职充分发挥作用；赋权副职、培养副职，同时也要考评副职、管理副职，充分调动副职的积极性；做副职靠山、当副职后盾，积极主动为副职"扫地雷"、排障碍、搞保障、树威信。切忌给部属"穿小鞋""设陷阱""出难题"，在部属面前"要威风""使手段"，把部属"当枪使"。要做到：怀爱才之心、练识才之眼、行成才之德。当副职应该摆正位置、摆正心态、尊重主官，以主人翁的使命担当、对主官负责的无私精神、从团队发展的全局出发主动作为，该请示报告的及时请示报告、该分担的主动分担、该冲锋在前的冲锋在前，积极出主意、献良策、解难题。当自己的思路与主官不一致时，应主动向主官表达自己的观点和意见，当主官拍板确定后，无论与自己的意见一致与否都要坚决执行。切忌出工不出力、当"清闲官"、说"过头话"、拍"正职板"、办"被动事"、唱"对台戏"、拉"小圈子"。与主官始终保持同心同德、同声同气、同进退共荣辱，自觉做到维护集体领导权威、维护主官良好形象,"不与上级争锋、不与同级争宠、不与下级争功"。

领导者要勇于担当、敢于担当。做事业不可能总是一帆风顺的,总会有失误、失利甚至失败等问题发生。特别是在探索实践、创新试验、开创新途径、开拓新领域等过程中出现问题是非常正常的。作为领导者,对于事关全局的重大事项、重大工作、重大项目等要与相关人员认真论证、反复评估、仔细研究、完善预案,实施过程中要随时了解情况、跟踪掌握情况、及时解决发现的问题,对于过筋过脉的关键环节要亲自过问,尽最大可能地避免出现大的失利、失误。当发生失误、失利甚至重大问题时,如果是因为不尽心不尽责、玩忽职守造成的,要追究责任,严肃处理。如果是偶然发生的、出乎意料的、考虑不周等失误造成的,领导者要主动承担责任,为下属减轻压力。领导者勇于担当、敢于担当是有品德、有胸怀、有格局的表现。不能有了成绩就往身上揽、出现问题就向外面推,要主动揽责、主动推功。要让下属能够放开手脚干事业,一门心思干事业,把所有的心思、精力、智慧都放在干事业上。领导者要让部属随时都能够感到可靠、可信、可依,随时都能够给部属注入力量、注入勇气、注入希望，使部属始终都能够保持"战胜一切困难""压倒一切敌人"的勇气和信心。

领导者要善于团结、凝聚力量。由于每个人的思维层次不同、思维方式不同、看问题的角度不同、利益诉求不同等原因，任何一个层面、任何一个团体、任何一个单位都会有意见分歧、都会有利益冲突、都会有矛盾纠葛。孔子说："君子和而不同，小人同而不和。"有不同的观点、不同的看法、不同的思路是正常的，可以通过正常的方法和渠道反映、表达、沟通，及时消除误解分歧，对于无伤大雅的事要像郑板桥那样"难得糊涂"。但在团队内部搞内耗、搞内斗就是不允许的，这是团队工作的大忌、是动摇团队发展的"毒瘤"，必须坚决清除。俗话说"杀敌一千，自损八百"。内斗害人害己，永远没有赢家。领导者面对有不团结苗头的局面时，既不能无视分歧不过问，也不能霸道武断判是非，更不能扩大矛盾窝里斗，要表明维护团结、维护大局的决心态度，坚持原则、注重包容，公正、客观、合理地了解情况，尽可能的解疑释惑、消除隔阂、化解矛盾、凝聚共识。努力营造包容奋进、互补协作、协调一致的团队氛围，形成坚强的领导集体、领导核心。领导者要懂得尊重人、注重尊重人、善于尊重人，要做到以情带人、以情待人、以诚待人、平等待人，不能以权压人、以势压人、以才压人、以老压人。对部属的功过是非不能遮遮掩掩、态度暧昧，该肯定的要旗帜鲜明地肯定、该处理的要坚决果断地处理、该点醒的要及时点醒、该谈透的要确实谈透，让每个人都能放下包袱、轻松上阵、踏实工作。在团队内部形成正规有序、轻松自然的工作环境，既团结紧张，又严肃活泼。切不可把下属的错误或隐私当作"小辫子"抓在手里，任何情况下都不能威胁恐吓下属、讽刺挖苦下属、鄙视贬损下属、羞辱侮辱下属，即使对有过失的人、犯错误已经改过的人，甚至坚决反对自己的人也应尊重其人格、尊重其权利，客观地评价其业绩、公正公平地赋权予职。

领导者还要注重权威和威信。领导者是需要有权威和威信的，但权威和威信不是想有就能有、想要就能要得到的，也不是想树就能树起来、当了领导就一定会有的，更不是争来的、抢来的。有的权威可以随着领导岗位的权力而获得,但威信就不一定了。有的人升了"官",手中有了权力后就一副"小人得志"的嘴脸,高高在上、趾高气扬、耀武扬威、擅权乱权、以权谋私,利用权力捞好处、耍权术、耍权威、甚至耍淫威,久而久之,失正义、失威严、失人心,甚至走向歪门邪道、走向堕落犯罪;有的领导者为了树立个人威信挖空心思,工作中带私心、丧原则、甚至藏祸心,献媚施恩、结党营私、标新立异、抢风头抢镜头、耍心计耍大牌,"德不称其任,能不称其位",久而久之,被人看"白"了,人心尽失、威信扫地,甚至害人害己;有的人升了职当了领导后,故步自封、游手好闲、不学无术,端架子、过官瘾、吃老本,抱着"下级必须服从上级""官大一级压死人"的理念瞎指挥、乱用权,能力水平不见长,官气却越来越大,久而久之,不仅工作没有成绩,能力素质没有提升,还可能误了团队的发展机遇。权威和威信是靠领导者的自身形象、思维层次、眼界学识、人品官德、胸怀气度、领导艺术、权力运行、驾驭掌控等综合因素自然形成的,是来自于部属内心深处的佩服、信赖、敬重、崇拜。优秀的领导者在工作中会自然形成自己的领导风格，会自然形成潜在的、带有个人气质的人格魅力，会自然形成令人心悦诚服、自觉敬重的领导威信。

优秀的领导者是领袖式人物而不是单纯的管理者，是用道德和恩泽来感化人、用思想和信仰来凝聚人、用意志和精神来鼓舞人、用原则和道义来约束人。通过自己的模范行为、价值追求、人品官德、知识才华来引领思想、引领理念、引领风尚、引领团队，通过信仰信念的培养和精神追求的提升来促使下属为实现共同的理想而奋斗。

优秀的领导者是通过成功做人、成功做事来实现成功领导的。

干事业要有职业道德、职业尊严、职业精神、职业操守。老子说："知足不辱，知止不殆。"意思是：人只有在无求无欲的境界下才不会遭受欲望带来的侮辱。在知道仕途"止步"到站、事业见顶到点的情况下依然毫不懈怠才是干事业应有的职业道德、职业操守。而有的人把干工作当成升官升职、捞好处挣利益的手段和途径，有好处就好好干，没好处就应付干；升官升职有希望就拼命干，没机会没希望就瞎混甚至乱来，这是缺乏职业道德、职业操守的，也是动机不纯、人品官德不厚的表现。有的人甚至因此晚节不保，毁了一生清白、一世英名。王勃在《滕王阁序》中写道："老当益壮，宁移白首之心；穷且益坚，不坠青云之志。"曹操讲："老骥伏枥，志在千里。烈士暮年，壮心不已。"因此，越老越应该严格要求自己，带头遵纪守法，自觉做好表率。"在位一分钟，干好六十秒"，站好最后一班岗。只有这样，才能功成身退、功德圆满。

做事，是人生最主要的社会活动，也是人生价值的实践舞台。既不能儿戏、游戏，也不能超越自身能力、超越现实条件、过分苛求自己。范仲淹在《书扇示门人》中写道："一派青山景色幽，前人田地后人收。后人收得休欢喜，还有收人在后头。"李白在《江上咏》中说："兴酣落笔摇五岳，诗成笑傲凌沧洲。功名富贵若长在，汉水也应向西流。"官是永远做不完的，钱是永远挣不够的，德是永远修不满的，公权是永远不能私有的。因此，人生既要有方向、有目标、有奋斗，兢兢业业、踏踏实实，尽其所能地展示才华、奉献智慧、贡献力量；又不能好高骛远、画饼充饥、纸上谈兵、空谈混世；也不能目标过高、压力过大、负荷过重，超能力超才智、拼身体拼精力、透支能量透支生命。在自己所具有的能力素质、知识才华、资源禀赋等条件下，尽可能做到：努力地工作、踏实地做事、愉快地生活、幸福的人生。

第三章　做学问

在做人、做事都比较成功的基础上，做学问、重修养是人生的更高追求、更高境界。

我们这里讲的做学问，不是指写文章、搞研究、写大部论著、写学术论文、做专门学者等，而是指既要学又要问，既重学又重修，既学习又实践。

人生需要学习。要广泛地涉猎知识，提高综合素质、提升精神高度、拓展延伸生命价值。培养良好的学习习惯、学习态度、学习精神，培养思考人生、思考社会、思考文化的生命态度，培养实践理论、实践社会、实践生活的严谨思维。通过学习、实践、思考，更好地领悟人生价值、生命意义、哲学宗教、历史文化，更好地提升思维层次、精神品质、道德情操、胸怀胆识，更好地丰富和完善人格修养、心灵境界、精神家园。

人是高级动物，是有思想、有情怀的，不能只是吃饱了、穿暖了、有钱了就满足了的"土豪"，还应该有更高的精神追求。宋代理学家张载说："为天地立心，为生民立命，为往圣继绝学，为万世开太平。"这是自古以来无数圣贤先师们所追求的人生境界，在我看来，这也是作为"人"的全部生命意义的最高修为、最高追求、最高境界。

一、养成终身学习的良好习惯

毛泽东主席一生与书为伴，伟大的灵魂始终徜徉在知识的海洋中，精神境界、才情伟略、指点江山等等都是"前无古人"的。无论是政治、军事、哲学、治国、治党、治军，还是诗词歌赋、历史文化、书法文章、战略眼光、识人用人、驾驭全局等等，都无人能望其项背，是真正的一代伟人、圣人。周恩来总理"活到老学到老""鞠躬尽瘁，死而后已"。晚清的左宗棠二十三岁时在新房门口贴的一副对联是"身无半亩，心忧天下；读破万卷，神交古人。"还有许许多多的伟大人物都是终身学习的典范,他们广博的知识滋养了博大的情怀和高尚的灵魂,为他们伟大的事业提供了无穷的力量和智慧。

学习,是人类进化、社会进步的阶梯,是人类区别于其他动物的核心本质,是开启人类智慧的密钥,是人类文明、社会发展进步的独门绝技。

人类文明有世俗的层面,但在世俗层面之上,还需要给每个人提供精神支撑的力量、给整个社会提供凝聚力的"精神殿堂"。从古人的符号、标记、吼叫发展到图形、语言、文字,古代有祭祀、祭坛、图腾,在人类形成的文明体系中有教堂、庙宇、寺院、道观、祠堂、博物馆、学校等,它们是社会的精神中心,人们面对它们时肃然起敬,有一种神秘感、虔诚感、神圣感。随着人类社会的不断演进,逐渐形成了人类所独有的"文化"。"文化"支配着人类的灵魂、支配着创造者的内心世界,"文化"是存在于人内心的精神内涵,是被人们普遍认同并时刻起作用的信念、思想、情感和价值。

正是有了文化,人类社会的各种创新创造、各种探索实践、各种文明成果才得以传承,得以发扬光大;才使我们能够"思接千载,视通万里",能够与古人交流,能够领悟圣贤先哲教诲,能够学习古人先师探索的实践成果,能够继承和汲取人类文明的文化精髓,能够在前人的基础上探求未知、开创未来。

人类文明的成果浩如烟海、充盈宇宙。尤其是当今时代,科学门类众多、知识宝库庞大、发展创新迅猛、更新换代日新月异,新知识、新科技、新观点、新理念、新领域、新业态不断涌现,人类社会进入了知识爆炸的时代。2015年中国出版了20.2万种纸质图书,而全世界的出版物种类总量超过几百万种,还有不计其数的报刊、电子读物、电视电影等等。

韩愈说:"人不通今古,马牛如襟裾。有田不耕仓廪虚,有书不读子孙愚。"在这个知识爆炸的信息时代,不学习就要落伍、就要掉队、就跟不上时代的发展、就要被淘汰。不仅仅是谋生需要学习、工作需要学习、事业需要学习,就连生活、出行、娱乐、购物、交流等等也都需要学习,否则,就是现实中的文盲、科盲、路盲、法盲、艺盲、网盲。

学习,是生活的需要、生存的需要,是获取信息、融入群体的需要，是与时代同步、与社会接轨的通行证，是做好工作、干好事业的金钥匙，更是提升层次、武装头脑、启迪智慧、提振精气神的不二法门。

宋真宗在《励学篇》中写道："富豪不用买良田，书中自有千种粟；安居不用架高楼，书中自有黄金屋；娶妻莫恨无良媒，书中自有颜如玉；出门莫恨无人随，书中车马多如簇。男儿欲遂平生志，五经勤向窗前读。"一个封建帝王对读书学习都有这样的认识、都有这样的感悟，更何况处身于信息时代的我们呢？

学习是提升能力素质的唯一途径。俗话说：人生处处皆学问。而学习的途径只有两条：一是从书本上学，二是从实践中学。从书本上学是主要的，书本上学的是理论的、理性的、精髓的，生活和实践中学的是直接的、实用的、经验的。许多人也有强烈的学习愿望，但不知道从何处入手。封建时代是读"四书"（《大学》《中庸》《论语》《孟子》）、"五经"（《诗经》《尚书》《礼记》《周易》《春秋》）。现在的书实在是太多、太杂了，使人感到盲目，不知道要学习什么，从哪里入手。千里之行始于足下，万里长江源于细流。我认为：

首先是要学起来，不管学习什么内容，每天都要把书本拿起来、读起来，培养求知若渴的兴趣，养成有时间就看书学习的习惯。然后再根据自己的知识结构、兴趣爱好、修养程度、工作需要，从有助于提升自己能力素质、有助于开拓自己眼界胸怀、有助于自己工作需要、有助于自己品德修养的知识学起，尽可能选择知识性强、底蕴丰厚、品味高尚的书籍或经典名著来读，要尽量避开快餐文化、低俗读物、轻浮浅薄、观点混乱、消极阴暗的书籍。由浅入深、由点到线、由线到面逐步展开，不断扩大学习范围、不断扩展学习内容、不断丰富知识结构、不断领悟品味知识奥妙。有些自己感觉好的书、知识营养丰富的书、对自己人生事业有重要启迪的书还要反复读认真记，苏东坡讲："旧书不厌百回读，熟读深思子自知。"

读书是一种享受。明朝于谦讲："书卷多情似故人，晨昏忧乐每相亲。眼前直下三千字，胸次会无一点尘。"在好书、好文、好句、好诗、好词中诵读品味，在历史、文化、艺术、哲理中畅游荡漾，在书香、书卷、书韵、书魂中驰骋纵横是一种享受。精神能够随书起舞、思想能够飞越千山万水、视野能览中外古今。至精妙处，不由自主击节叫好；逢伤感处，止不住泪眼模糊；遇激愤处，忍不住拍案而起；见谐趣处，禁不住哑然失笑。在工作劳碌之余体会悠然、超然和雅逸，能够领略书中之乐趣、书中之浩瀚、书中之雅韵、书中之精妙，这何尝不是一种享受！而且是高层次、高境界的精神享受。

学习是超越自我的单行道。学习是没有任何捷径可走的，必须下真功夫、苦功夫、长功夫，必须经得住诱惑、耐得住寂寞、受得了枯燥。王国维先生曾经用三首宋词（柳永的《蝶恋花》、晏殊的《蝶恋花》和辛弃疾的《青玉案》）的内容来形容成大事者、大学问者在奋斗中必须经历的三种境界，第一种境界是：昨夜西风凋碧树，独上高楼，望尽天涯路。欲寄彩笺书尺素，山长水阔知何处？第二种境界是：衣带渐宽终不悔，为伊消得人憔悴。第三种境界是：众里寻她千百度，蓦然回首，那人却在灯火阑珊处。这三种境界道出了读书人在求知苦读过程中的茫然、艰辛、寂寞和获得知识、领悟书中奥妙后的释然、快乐和幸福。

陆游说:"古人学问无遗力,少壮功夫老始成。"学习不可能一口吃个胖子,学习知识就像存钱,靠点滴积累。每天学一点每天都进步,日积月累,知识就越积越多,而且储存的知识是自己的专权、专版、专利、专用,是任何人也盗取不了、诈骗不了,任何人也投机不了的。知识越学越觉得知之太少、知识越多越感到知识浩瀚无边、知识越多求知欲望越强烈。毛泽东主席在1939年说过一段话:"我们的队伍里边有一种恐慌,不是经济恐慌,也不是政治恐慌,而是本领恐慌。过去学的本领只有一点点,今天用一些,明天用一些,渐渐告罄了。就像一个铺子,本来东西就不多,一卖就完,空空如也,再开下去就不成了,再开就一定要进货。"毛主席说的"进货"就是读书学习,就是补充知识,就是提升能力素质。

《论语》讲"仕而优则学,学而优则仕","仕"指仕途、做官员。可以想象,一个没有文化、没有知识的人能够做官员、能够治国理政、能够管理社会、能够领导和教育他人?答案是肯定的:不可能!现在倒台的一些贪腐官员在他们的"忏悔"中首先谈到的就是:自己放松了学习,放松了思想改造。我认为他们说对了!他们也曾经努力的工作过、努力的学习过,但由于后来放松了学习、放松了思想改造才导致走上犯罪道路。我国从隋唐时期开始的科举制度一直到现在的教育、高考、公务员录用、企业招聘等,完全证明了"仕而优则学,学而优则仕"。而且学而不优不能"仕","仕"而不优则源于不学。封建时代的官员除了"功荫"、捐纳、纳粟之外,都要经过比较严格的科举考试,现在的公务员更是"逢进必考"。毛泽东主席说:"没有文化的军队是愚蠢的军队。"在当今的时代,别说做官员、干事业、办企业、做老板、当领导了,如果没有文化,可以说干什么都可能寸步难行。

古人说:人有三宝精气神,腹有诗书气自华。人生总要有点诗意,生活总要有点情趣,精神总要有点雅致。读书学习能够使人摆脱愚昧无知,能够提升人的精神境界,能够强大人的内心世界,能够提升人的形象气质,甚至能够改变人一生的命运。读书学习也是一个人脱俗的必由之路,有些人虽然发财了、发迹了,但由于"肚里没货",缺少知识、缺少教育、缺少修养、缺少书卷气，给人的第一印象还不错，看上去也仪表堂堂、气宇轩昂，但"金玉其外，败絮其中"，"马屎外面光"，华而不实、徒有其表，一张口一交流就露馅，层次低下、言语粗俗、观点世俗，缺乏应有的深度和厚度，无论怎么装腔作势也脱不了一身的世俗气，无论怎么附庸风雅都是一副粗鄙相；马克思说："与其用华丽的外衣装饰自己，不如用知识武装自己。"有的人穿金戴银，满身名牌，貌似高贵，但其本质却愚昧无知、狭隘自私、满脑世俗、满嘴铜臭、粗鄙不堪，无论怎么粉饰打扮也摆脱不了"暴发户""土包子"的俗气，无论怎么卖弄表演也上不了品、入不了流。

尽管有些人也确实有钱了、有权了、有地位了，但始终脱不了"俗"、升不了"格"、上不了"品"。究其原因，根本的问题是：不读书、不看报、不学习或者读少了、读浅了、读俗了。浅尝辄止，停留在一般性的知识上、一般性的认知上、街头巷尾甚至是花边新闻的了解上，缺乏深厚的知识积累、缺乏深层次的领悟理解、缺乏精深厚重的文化底蕴，功利心过重、铜臭气过重、世俗念过重。这又怎么可能脱俗呢？法国作家左拉说：

"愚昧从来没有给人带来幸福,幸福的根源在于知识。"

学习能够提升人的胸怀气度、精神境界。俗话说:"知书达理",知书才能达理,豁然才能开朗。生活的贫穷可以锻炼人,精神的贫乏只能扭曲人。唐人林宽说:"莫言马上得天下,自古英雄皆解诗。"欧阳修讲:"立身以立学为本,立学以读书为本。"知识丰富了、学养厚重了,胸怀就宽广了、眼界就开阔了,修养提升了、精神富足了,内心就强大了,道法也就自然了。只有具备了这样的境界,才会有李嘉佑"诗思禅心共竹闲"的雅逸,才会有刘禹锡"沉舟侧畔千帆过,病树前头万木春"的胆魄,才能有李白"安能摧眉折腰事权贵""一醉累月轻王侯""仰天大笑出门去,我辈岂是蓬蒿人"的豪迈,才能有白居易"随贫随富且欢乐,不开口笑是痴人"的豁达,才能有杜牧"腹中书万卷,身外酒千杯"的气度。

俗话说:"将军额上能跑马,宰相肚里能撑船。"能包容人、能尊重人、会尊重人是修养、是胸怀、是境界。有的人能够尊重长辈、长者,尊重领导、权威,尊重地位高的人、影响大的人、有本事的人,尊重能够关心自己的人、能够帮助自己的人、能够给自己带来利益或与自己利益相关的人。但对比自己年龄小的人、比自己能力素质差的人、比自己弱势的人、比自己地位低的人或者自己的下级、自己的部属等就不一定能够尊重了，说话总是居高临下、盛气凌人，有的甚至是颐指气使、呼来唤去。李白说："宣父犹能畏后生，丈夫未可轻年少。"真正修养好的人、高境界的人会对所有的人都尊重，发自内心的平等待人，能自觉尊重他人的人格、尊重他人的劳动、尊重他人的观点，给他人留面子留尊严。可以不赞成他人的观点、思想、思路和方法，也可以批评他人的错误观点、错误思想和错误行为，但应该尊重他人的人格、人权和尊严。在工作之余的生活中、交往中，人人都是平等的，别人能够尊重自己很好，别人不够尊重自己或冒犯自己时，应该反省的是自己有无不妥、有无伤害他人的言行，而不能以领导自居、以年长自居、以权势自居去压人，尊重是强求不来的！想要别人尊重自己，首先自己要尊重自己，更要尊重他人。明朝洪应明说："心与竹俱空，问是非何处安脚？貌偕松共瘦，知喜忧无由上眉。"有的人心胸狭隘，遇到一点小事就转不过弯来，碰到一个小坎就迈不过去，受不得一点委屈、经不起任何挫折，动不动就闹别扭、闹情绪甚至要死要活寻短见；良言一句三冬暖，恶语伤人六月寒。有的人修养太差甚至愚昧野蛮，一句话不对就动怒、动气、动手、动刀，像只好斗的公鸡，脖子上的毛总是"根根直立"，常常无事生非、惹事闹事，最终不得善果、不得善报；明代诗人林翰《诫子弟》说："何事纷争一角墙，让他几尺又何妨。长城万里今犹在，不见当年秦始皇。"有的人心眼太小，猜疑、忌妒、心理阴暗，跟谁都难以合作、跟谁都处不好关系、跟谁都在"较劲"，嘴巴里吐出来的字个个如山西"老陈醋"，实在酸得让人无法接受，说出来的话句句带刺，让人极不舒服。凡此种种，究其原因，都是学习不够，缺文化、缺修养、缺素质、缺包容、缺胸怀、缺境界的问题。缺"临危稳如岳，握胜喜无惊"的修养境界，缺"大肚能容，容天下难容之事；开口便笑，笑世上可笑之人"的宽博雅量，缺"海纳百川，有容乃大"的胸襟气魄。美国人凯勒说："一本书像一艘船，带领我们从狭隘的地方，驶向生活的无限广阔的海洋。"所以，学习能够开阔胸襟气度、能够修心养性、能够明理宽心。

　　读书学习是一个民族发展强盛的不竭动力。读书学习是兴家兴邦、富国强民的法宝，历来都受到有远见的思想家、教育家、治国者的高度重视。从四大文明古国的兴衰存亡到世界文明版图的变迁，从工业革命的兴起到资本主义的发展，从宗教哲学文化艺术的发展到现代知识经济的繁荣都证明了这一点。一个民族的兴盛、一个国家的发展，教育是前提、是基础。杜甫说："文章千古事，得失寸心知。"中华民族历来重视教育，曾有"万般皆下品，唯有读书高"的浓厚学习意识。我国是世界上历史文化唯一没有中断过的文明古国，中国的文字、书法、绘画、诗词、建筑、人文、哲理等等独树一帜，四大发明引领并惠及世界。华夏文明之所以源远流长就源于中华民族热爱文化、崇尚文化、敬重文化，颜真卿《劝学诗句》说："三更灯火五更鸡，正是男儿读书时。黑发不知勤学早，白首方悔读书迟。"战国时期苏秦"锥刺股"、汉朝的孙敬"头悬梁"、匡衡"凿壁借光"苦读等故事几乎家喻户晓，一直是读书人济世经学的楷模,激励着一代又一代的学子求知不辍、勤耕苦读。

"忠厚传家远,诗书继世长。"俗话说"有钱难买子孙贤","儿孙自有儿孙福"。宋代范仲淹死后没留一两银子给自己的子女,教给子女的是人品官德,传给子女的是良好家风,留给子女的是诗书文章,而用所有遗产在老家苏州吴县购置"义庄",以赡养孤寡病弱的族人、资助贫寒学子,至清朝历代子孙捐赠扩大至5300余亩,其家族兴盛800多年。林则徐说:"子孙若如我,留钱做什么?贤而多财,财损其志;子孙不如我,留钱做什么?愚而多财,益增其过。"但在我们今天的现实生活中,许多家长则是千方百计、呕心沥血,甚至省吃俭用地为子女留房产、留存款、留财富,生怕子女"输在了起跑线上",却完全忽略了对子女的品行道德教育、能力素质教育、思维理念教育、奋斗精神教育、生存法则教育、诗书传统教育,因而培养了一批"唯我独尊""自私自利""高智低能"的孩子,有的甚至就是新生代的纨绔子弟、"混世魔王""败家子""啃老族"。爱子女、护子女、为子女是天下父母心,留一些财富给子女实属人之常情，本无可厚非，但培养、教育子女更为重要，把他们培养成为人格健全、品德高尚、才智优秀、素质全面的有用人才才是第一位的。

近年来，随着功利思想的蔓延，读书也讲实用、讲实惠，中国人读书学习的目的性太强、太过现实，应试教育也让人诟病不断。成年人的读书、校外的读书学习氛围实在太差，许多地方的书店都开不下去，最热闹的地方是网吧、歌厅、茶楼、酒店，最冷清的地方是图书馆、展览馆、书店。根据联合国教科文组织2012年公布的数据，以色列人人均年读书64本，韩国为11本，法国、日本约为8.4本，而中国人均每年读书仅有4.39本。这一组数据让人感到羞愧！这与礼仪之邦、文明古国的厚重历史是极不相称！与中华民族勤劳智慧、崇文重教的价值取向是极不相称！与中国改革开放三十多年来蓬勃发展的现实也是极不相称！而且许多人买书、读书正如孔圣人所说："古之学者为己，今之学者为人"，读书不是为了丰富自己的学识、提升自己的素质，只是为了装点门面、"武装嘴巴"，是做给别人看的。有些人买书也只是为了放在书柜做做摆设、装装样子；即使读书的人,有的也是读些乱七八糟的书、消遣娱乐性的书、现实功利很重的书,就连个别的职业学者、教授名家也是心浮气躁、追名逐利,抄袭滥造、断章取义,学术造假、文凭造假等丑闻不断,缺乏精研细读的学习精神和探求真知的学习动因,根本不是在潜心学习知识、钻研问题、求知解惑、提升素质、凝练修养。

读书学习的风尚是一个民族欣欣向荣、繁荣昌盛的象征。在基督教世界,几乎每个人都要读《圣经》,伊斯兰教徒也几乎每个人都读《古兰经》,有学者说中国人都应该读一读《老子》《论语》。读书学习,能够坚定人的信念信仰、能够开阔人的思维眼界、能够振奋人的精神意志、能够提升人的素质修养,读书学习是探求真理、解疑释惑、传道授业的金钥匙,是民族振兴、继往开来的必由路径。只有国民的文化素质提高了、文明水平提升了、公民意识增强了,国家民族才能强大兴盛,才会有昂扬激越的精神风貌,才会有开拓创新的不竭动力,才会有遵纪守法和公平公正的行为规范。从古希腊文明的兴盛、衰落甚至消亡到中华民族历朝历代更替的历史教训可以看出:文化是国家民族的根和魂,国民读书学习的风尚是国家民族兴衰存亡的风向标，是国家民族精气神、凝聚力的晴雨表，是国家民族创新发展、文明昌盛的动力源，是国家民族和谐稳定、人民生活幸福的思想宝库，是个人生命质量、事业成就的精神家园。

学习不仅是个人生活的需要、生存的需要、事业的需要、发展的需要。学习的程度、深度、广度左右和影响着个人的事业成就，左右和影响着个人的能力素质，左右和影响着个人的精神境界，左右和影响着个人的生命质量。学习也是国家强盛的需要、民族进步的需要、社会发展的需要，只有在全社会形成良好的学习风尚、良好的学习氛围、良好的学习价值取向，才能提高全民的文化素质，才能提升全民的品德修养，才能培养全民的奋斗精神，才能凝聚民心民智，才能激发全民的创新创造激情。因此，营造和树立良好的学习氛围、学习风尚，提倡、引导和培育读书学习的价值取向，养成终身学习的良好习惯，于国、于家、于己都是有百利而无一害的长久之计、长远之策，也是国家民族兴盛、家业兴旺发达、社会充满活力的必由之路。

二、养成学以致用、躬身实践的良好习惯

培根说:"知识就是力量。"读书学习的目的是为了掌握更多的知识,以便更好地认识世界、改造世界。不是为读书而读书、为学习而学习,更不能读死书、死读书。

歌德说:"经验丰富的人读书用两只眼睛,一只眼睛看到纸面上的话,另一只眼睛看到纸的背面。"学以致用就是把从书本上学到的知识运用于实践、指导实践,并在实践中认识规律、探索规律、掌握规律、总结规律,通过实践来论证、检验从书本上所学到和掌握的理论知识,再把从实践中总结的经验、探索的规律升华为理论。通过认识、实践,再认识、再实践,不断地循环往复,不断的探索实践、丰富实践,不断地完善理论、创新理论,从而不断提高认识世界、改造世界的能力,推动社会经济、人类文明的发展进步。

学习的目的是为了在实践中运用、是为了更好地指导实践。而书本上学到的是理论知识,有些可以直接用于指导实际工作,更多的是为了提高思维层次、提高能

力素质。所以，书本上学习得来的知识，要通过自己的领悟理解、消化转化才能真正成为自己掌握的知识、成为自己掌握的本领，只有真正把书本上学到的知识转化为自己认识事物、观察事物的世界观，转化为自己认识世界、改造世界的方法论，转化为自己的思想方法、能力素质，才能在实际工作中得以运用。

但有些人缺乏这种能力，像个"老学究"，就理论而理论，从书本上来到书本上去，理论上一套一套的，夸夸其谈、生搬硬套、不接地气、不合时宜、不切实际。一遇到实际问题就慌了手脚，一接触具体工作就没了章法，是典型的"本本主义"。这样的人对新情况、新问题、新事物缺乏敏感、缺乏研究、缺乏担当、缺乏应对的能力，遇事就想到书本上去找答案，书本上找不到答案就束手无策。

还有的人一根筋、认死理，是"教条主义"的"弟子"。他们分不清政治与哲学的关系，不明白实践与理论的关系。哲学要求彻底和单纯，而政治可以妥协和混合；哲学通常追求"至善"，而政治通常满足于"不坏"；哲学总要求完美，政治可以包含缺陷。但有的人总以哲学的眼光来看待政治、总以哲学的标准来评判社会、总以理论的观点来挑剔实践。由于思想方法的错误致使空有"满腹经纶",却像是不食人间烟火的"神",不合时宜、不接地气,既不能干事、不会干事,也干不好事,甚至还常常误事、坏事。例如,王明、博古等就是这样的人,他们迷信并依赖一个不懂中国国情的洋人李德,生搬硬套瞎指挥、乱决策,差点断送了中国革命,成为千古罪人。在现实工作中,这样的人时常会碰到,他们总是搬教条、认死理,总转不过弯来,他们的思路、方法总是与现实错位,与他人相左。他们缺乏灵活的思维、灵活的方法,不能结合实际情况灵活地处理特殊的矛盾和问题,不能创新观念、创新思路、创新方法从而创造性地开展工作。"差之毫厘,失之千里",在实际工作中,情况是瞬息万变的,有些机遇是稍纵即逝的。因此,这样的人不仅干不好事,常常还会误事、坏事。

而有的人又正好相反,只会干实事而缺乏理性思维、缺乏理论支撑。初级的、基础的、基层的、具体的工作能力还可以,经验性的工作开展得很好。但对于书本上的知识掌握不多，又不注重理论学习、不注重总结提高。"不识庐山真面目，只缘身在此山中"，干对了找不到出处和依据，干错了不知道原因和症结，所以，综合素质始终都上不了层次。遇到新情况新问题、调整到新岗位新领域就无所适从、江郎才尽。这样的人缺乏的是文化知识、理论修养和理性思维。

卢梭讲："青年是学习智慧的时期，中年是付诸实践的时期。"他讲的既有道理又不完全对。学无止境！青年时代以学习为主，进入中年以实践为主，到了中年即使老年也不能放松学习，更不能不学习。在现代社会、信息时代的背景下，学习不完全是阶段性的，只是分重点、有选择，分轻重、有缓急，分阶段、有主次。只有不断学习、终身学习才能适应社会发展、时代变革的需要；只有发扬"春蚕到死丝方尽，蜡炬成灰泪始干"的学习精神，才能"挥洒自如""游刃有余"地跟上信息时代的节拍；只有秉持"学以致用""知行合一"的学习实践理念，才能"得心应手""自然而然"地应对各种挑战、做好事业，才能有"谈笑间，樯橹灰飞烟灭"的从容不迫。

躬身实践是做人、做事、做学问的核心要义。"实践是检验真理的唯一标准",实践出真知。任何理论都要在实践中检验、论证,任何蓝图都要付诸实施才能实现。天下事都是干出来的,不是想出来、说出来的。荀子讲:"不闻不若闻之,闻之不若见之,见之不若知之,知之不若行之。"孔子说:"力行近乎仁","君子欲讷于言而敏于行。"行动,是一切理论、思想的本源。没有行动,再好的理论、再好的思想、再好的蓝图都是纸上谈兵。陆游说:"纸上得来终觉浅,绝知此事要躬行。"躬身实践是实现蓝图、实现理想、实现目标的唯一途径,若不能付诸实践,一切理想、愿景、理论都只能是空想、空谈,都只能是空中楼阁。

既要埋头干事,又要抬头看路。扑下身子干实事是躬身实践的应有之义,也是做学问的必然要求。因此,要以严谨的态度、扎实的作风干事创业,在实践中磨砺、在实践中前行。要把工作任务当作业,把工作岗位当课堂,把社会实践当人生舞台,上好每一堂课、完成好每一份作业、演好每一个节目。还要在实践中不断思考问题、探求真理、探索规律。不仅知道怎么干,还要知道为什么这么干，不这么干会有些什么弊端，还可以有什么更好的方法捷径。只有这样，能力水平才能越来越高、工作才能越干越好、事业道路才会越走越顺。

孔子说："三人行，必有我师焉。"要善于在实践中学习、向身边人请教、拜人民群众为师，观察、学习、借鉴、吸取别人的实践成果、经验教训。要学会换位思考、设身处地地去感悟和体会别人的成功经验与失败教训，尤其要能够把别人的教训当作自己的教训，因为有些教训是要付出高昂代价的，有的甚至是事业的代价、生命的代价。能够把别人的成功经验变为自己的实践体验、把别人的失误教训当作自己的模拟训练，这是十分重要的学习方法，它是宝贵的教案和鲜活的教学，把握和运用好这个理念、这个难得的课堂就相当于自己有了一次训练和预演的机会，相当于自己拥有了一部规避失误、常胜不败的"秘籍宝典"。"明者远见于未萌，智者避危于无形。"要通过别人的成功经验、失败教训和自己在实践中的体验、感悟、思考、总结来丰富知识、加深理解、提升能力、减少失误、规避灾祸。

理论先行，问题导向。学习知识是为了认识世界、改造世界，破解现实中的各种矛盾、各种问题就是认识世界、改造世界的过程。马克思说过："问题是时代的格言，是表现时代内心状态的最实际的呼声。"因此，面对新情况、新问题，要敏锐感悟、深入研究、集思广益、积极破解。荀子说："不登高山，不知山之高也，不临深溪，不知地之厚也。"要把应对新情况、解决新问题当作练兵场，把处理问题、化解矛盾当作磨刀石，把攻克难关、解决问题变为积累阅历、进步提升的基石和阶梯。

老子说："九层之台，起于累土；千里之行，始于足下。"万丈高楼平地起，人既要立大志，又要从小事做起。不论是学知识还是搞实践，都应该从最简单的学起，从最基础的做起。只有把基础打牢、把基本功练好才能不断发展、不断进步。"一屋不扫，何以扫天下？"荀子说："道虽迩，不行不至；事虽小，不为不成。"有的人只想干大事，不愿做小事，嘴巴上可以经天纬地，行动上无缚鸡之力；有的人念稿子铿锵有力、抑扬顿挫，离开稿子却张口结舌、言之无物；有的人高谈阔论，说得天花乱坠，一碰到具体工作、特殊矛盾就乱了方寸，缺了招数。"空谈误国，实干兴邦"，学习来不得半点虚假，实践也来不得半点虚假。学习和实践都是真本事、真学问，都必须下真功夫、苦功夫、长功夫。

理论联系实际是我们党一贯的思想作风。正是有了这一优良作风，我们党才能带领人民在黑暗中摸索前行，把马克思主义普遍原理同中国革命具体实践相结合，建立了中华人民共和国；才能在一次又一次的转折关头纠错立正，保持正确航向，取得一个又一个伟大胜利；才能在千难万险中杀出重围，化险为夷，战胜各种各样的困难和艰难险阻；才能在纷繁复杂的变革变局中不断创新、与时俱进，"不忘初心，继续前进"。发扬这一优良作风，是干事业、做学问必须遵循的原则。

三、养成追求精神品质的人生态度

人是有思想、有感情的高级动物，既有物质层面的需求，又有精神层面的追求。古往今来，对于人生的意义、人的各种层面需求的探索研究一直不断，对于人生价值、生命意义、精神境界、生活状态的研究成果也很多、学术观点也很多。

当今时代，物质条件前所未有的丰富多彩，生产力水平、文明程度、文化教育大幅度提升，医疗条件、社会保障、法治水平、平均寿命等大幅度提高，人类过去所面临的饥饿、战争、疾病、自然灾害大幅度减少，人们为生存而付出的努力、所投入的精力、所花费的时间也大大减少了。人类社会进入了比较富足、比较安全、比较稳定的时代。按照马斯洛的五个需求层次：生理需求、安全需求、社交需求、尊重需求、自我实现需求的理论来说，生存和安全这两个基础需求基本可以满足了，人们更多的需求愿望主要是精神层面和自我实现方面的。因此，在这样的时代，人们对精神层面的追求可以说是标准更高了、要求更高了、范畴更宽了、领域更广了。

人们对精神层面追求的普遍提高，是人类社会的发展进步，标志着人类文明程度进入了一个更高的水平。是人的生存能力和文明素质的全面提升，人的思想觉醒、人权意识觉醒的综合反映，是人格的独立、人的自由全面发展的必然结果。

马克思在《共产党宣言》中提出了"人的自由全

面发展"的新理念，这标志着人类文明摆脱了为生存而打拼的时代，进入了更加关注人的精神品质、精神追求的新的历史纪元。江泽民同志在中国共产党成立80周年的讲话中指出："我们要在发展社会主义物质文明和精神文明的基础上，不断推进人的全面发展。"中国共产党的十六大提出了"人的自由全面发展"的奋斗目标，具体规划了"全面建设小康社会"的宏伟蓝图。这标志着我国人民的生活水平、国民的综合素质、国家治理的法治思维、社会的公平合理、人民的精神追求等将迎来重大的改善和发展。

爱因斯坦说："对真理和知识的追求并为之奋斗，是人的最高品质之一。"当今时代是全新的现代文明时代，但不少人的思想、观念似乎还停留在"为财物而拼命、为吃饱而挣扎"的生存时代。俗话说"生不带来，死不带去"，但有些人却非常市侩、非常物欲，极度的实用、极度的贪婪，生命中缺乏神采、缺乏格调、缺乏情趣、缺乏韵致，完全陷入了庄子所说的"人为物役"的泥沼，他们被物欲和功利蒙蔽了眼睛、蒙蔽了心智，过度地追求财富、过度地追求功利、过度地追求占有，为物所累、为利所困、为欲所驱，完全坠入了"人为财死，鸟为食亡"的陷阱。《增广贤文》说："良田千顷不过一日三餐，广厦万间只睡卧榻三尺。"虽然现在的财富比以往任何时代都充裕了、生活比以往任何时候都富足了，但许多人却比以往任何时候都贪恋财富、贪恋权势。当代人虽然不能像道家那样追求抱朴守真、自然无为、逍遥自在，不能领悟"不逆寡，不雄成，不谟士"以至能"登高不栗，入水不濡，入火不热"的淡然平和，不能进入"其寝不梦，其觉不忧，其食不甘，其息深深"的虚静无忧；从"不知说生，不知恶死，其出不欣，其入不距"的超越洒脱到"不以心捐道，不以人助天"的随顺自然，完全不能领略真人、圣人的卓然风采，但也不能做财富的奴隶、金钱的仆从、被功利所驱使的机器人。真到了"穷得只剩钱了"的时候，就是"人为物役"，就是"财奴"。

人格独立是人生的更高境界。国人受"三纲"（君为臣纲、父为子纲、夫为妻纲）、"家天下"等封建思想的消极影响太深，等级观念特别强烈，可以说是根深蒂固。几千年来，群体意识特强、人身依附特重、对权威权势特敬特迷，不论干什么、在哪里、有意还是无意，认老乡、找靠山、拜码头、拉帮派、结团伙等"圈子文化"都特别突出。形成了"三个公章不如一个老乡""朝中有人好做官""一人得道鸡犬升天""一朝天子一朝臣"等"潜规则"和"权势文化"现象。正是在这种封建文化糟粕的浸染下，人们都特别崇拜、迷信权势，又特别害怕、畏惧权势，也特别渴望、追求权势。"宁当鸡头，不做凤尾""当老大""做头目"成了古往今来许多人梦寐以求的价值追求，"人心不足蛇吞象"，"身为抚台谋王侯"，"卒想吏，吏想官，官想做皇帝，皇帝想成仙"，形成了一种定式的文化怪象，许多人永远都是"不满族"（不满足）。人们对"头衔"特别在乎、特别敬畏、特别虔诚，只畏头衔不敬才德，只问官阶级别不问能力素质，只看权势大小不管人品官德。有的人对"上"阿谀奉承、谦恭献媚、卑躬屈膝，对"下"则颐指气使、耀武扬威、作威作福。这些现象的背后是封建残余意识作祟、是奴性思想作祟、是人身依附观念作祟，总的来说，是法治思维的欠缺，是价值理念的错位，是独立人格的缺失。

受封建残余思想的侵蚀和功利主义的污染，在一些人的本能和意识中充斥着各种各样的贪念、贪婪、贪欲，在他们的头脑中和思想里塞满了各种各样不必要的东西，就像前些年城郊接合部被破坏了的环境一样：破房密集、乱搭乱建、垃圾成堆、污水浸漫、乌烟瘴气，这些人灵魂深处的精神世界就像腐朽了的"麻袋"，已经无法装下任何的优雅、韵致和高尚了。明代文人洪应明说："面上扫开十层甲，眉目才无可憎；胸中涤去数斗尘，语言方觉有味。"其实，人的内心越空灵越高尚，越简洁越清爽，越清净越幸福，像追求生态环境一样，人的心灵也需要简洁，需要敞亮，需要干净，人的精神世界更需要追求白云蓝天、追求绿水青山。这是一种层次、一种博大、一种境界。

洪应明说："地宽天高，尚觉鹏程之窄小；云深松老，方知鹤梦之悠闲。"站得高才能看得远，气韵雅才能脱尘俗。只有追求真理，追求知识，超越世俗，超越功利，超然物外才能走向人格独立；只有破除封建，破除迷信，破除人身依附，做到劳动自由、心灵自由、思想自由才能获得人格独立。杜甫说："会当凌绝顶，一览众山小。"只有确立"现代人"的价值观，树立现代文明思想，具备现代思维理念，融入现代文明社会，敬畏真理、敬畏知识、敬畏自然、敬畏法律，才能真正实现人格独立。

独立人格是理想人格。我国古代许多文人士大夫特别崇尚人格，特别在意和追求气节。他们为坚持自己的观点主张，维护自己的人格尊严，保持自己的风骨气节不惜抛弃荣华富贵、高官厚禄，甚至不惜牺牲宝贵生命。自古以来，文人士大夫把竹喻为气节，苏东坡说："可使食无肉，不可居无竹。无肉令人瘦，无竹令人俗。"宋人徐庭筠诗云："不论台阁与山林，爱尔岂惟千亩阴。未出土时先有节，便凌云去也无心。"谭嗣同面对杀头却喊出了"我自横刀向天笑，去留肝胆两昆仑"的千古绝唱。蓬雀安知鲲鹏之志，市井不懂高士风骨。没有独立的人格，就不可能有独立的思想、独立的意志、独立的原则，就不可能有自己的主见、有独到的眼光、有公平正义的底线，就会放弃原则、人云亦云、看别人的脸色行事、受利益的驱使、做他人的工具，就会违背良心正义、见风使舵、趋炎附势。

拥有理想人格是人生的高境界。儒家追求的理想人格集忠孝仁义于一体，兼智勇礼信诸德，天下为公，内圣外王。孔子倡导"君子义以为质，礼以行之，逊以出之，信以成之"，"君子喻于义，小人喻于利"，"富与贵，是人所欲也；不以其道得之，不处也。贫与贱，是人之恶也，不以其道得之，不去也"，"君子谋道不谋食"，"君子忧道不忧贫"等等人格修养的行为准则。他还提出了管理者与被管理者的关系为："君子惠而不费，劳而不怨，欲而不贪，泰而不骄，威而不猛。"孟子认为无论社会环境多么恶劣，都要不为所动、保持气节、奋发向上，始终做到："富贵不能淫，贫贱不能移，威武不能屈"，做顶天立地的大丈夫、做人格独立的真君子，即使在生死攸关的考验面前，也应"舍生取义""杀身成仁"，而不能卑躬屈膝、苟且偷生，更不能出卖灵魂、出卖人格。

李白说"安能摧眉折腰事权贵，使我不得开心颜"，杜甫讲"丹青不知老将至，富贵于我如浮云"，文天祥的"人生自古谁无死，留取丹心照汗青"，宋朝诗人朱敦儒的"诗万首，酒千觞，几曾着眼看侯王？

玉楼金阙慷归去，且插梅花醉洛阳"，明朝于谦"粉骨碎身浑不怕，要留清白在人间"，徐悲鸿"人不可有傲气，但不能没有傲骨"等等人格高歌振聋发聩；苏武出使牧羊、阮籍装病卖醉、屈原抱石投江、项羽兵败自刎。还有田横、文天祥、方孝孺、谭嗣同等先贤，以及为新中国而献身的周文雍、陈铁军、夏明翰、赵一曼、杨靖宇、刘胡兰、狼牙山五壮士等英烈，他们为了理想、真理、人格、尊严而舍生忘死、视死如归，他们伟大的人格成为一座座丰碑，光耀千秋、昭示后人。

追求精神的丰富强大是人格独立的入场券。中国古代的先贤圣哲们特别强调和注重人格修养、品德修养，几乎儒、道、释、墨都有经典名论。以古希腊为代表的西方哲学家更加强调精神意志和自由思想的修研，他们提出的许多思想、哲理、智慧至今仍然指引和影响着人们，有许多哲学思想仍被奉为人类最伟大的思想。陆游说"君能洗尽世间念，何处楼台无月明""看尽人间兴废事，不曾富贵不曾穷"。当代人衣食无忧、文化素质更高，更有条件，也更应该追求精神层面的修养。只有人格修养、品德修养提高了，科学文化知识丰富了，人的基本素质提升了，人的精神世界才能强大起来。精神世界强大了，人的心灵才会高贵，品德才会高尚，才知舍知得、知放知弃，才能沉着稳健、从容自信，才能匡正义弃邪恶，求善美远恶俗，才能敢于担当，追求真理，才能领悟《周易》"与天地合其德，与日月合其明，与四时合其序，与鬼神合其吉凶"的修养境界。

李大钊先生讲："物质上不受牵制，精神上才能独立。"过于追求物质生活、物质占有就会跌进物欲的陷阱，苏联教育家苏霍姆林斯基说："一个人的精神情趣越是贫乏，他在寻找精神欢乐手段方面表现得越是低下。"当代人生活在物质丰富繁荣、信息多维海量、思想文化多元、科技飞速发展、交流频繁广泛的大繁荣时代，洪应明说："从静中观物动，向闲处看人忙，才得超凡脱俗的趣味；遇忙处会偷闲，处闹中能取静，便是安身立命的工夫。"现代人应该具有"坐观云卷云舒，笑看花开花落""乱云飞渡仍从容"的超然与淡定。王安石说："不畏浮云遮眼望，自缘身在最高层。"唐人吕岩诗云："独上高峰望八都，黑云散后月还孤。茫茫宇宙人无数，几个男儿是丈夫。"许多人之所以缺乏高尚的精神境界就是因为陷入了物欲的圈套而不自知，不仅"六根不净"，而且贪心太重，不能"超凡脱俗""看破红尘"去追求心灵的高洁和精神境界的高尚。

宋人谢枋得诗云："万古纲常担上肩，脊梁铁硬对皇天。人生芳秽有千载，世上枯荣无百年。"庄子说："人生天地之间，若白驹之过隙，忽然而已。"人生虽短，差异却很大。有的人缺乏思想、缺乏情感、贪婪自私，为了活着而活着；有的人为衣食所累、为物质所惑、为世俗所误，庸庸碌碌度其一生；有的人争权夺利、损人利己、祸害他人、危害群体，遭人唾骂；有的人勇于担当、为民众谋利、为社会贡献，受到人们的支持拥护；有的人心灵干净、光明磊落、思想深邃、精神高贵、人格高尚，受人尊敬爱戴。

人过留名，雁过留声。人生不可能十全十美，但应该追求完美。诸葛亮说："非淡泊无以明志，非宁静无以致远。"心灵的干净、宁静是一种境界，是内心世界的丰富、强大，是人生的通达和学识、修养的积淀、升华。

人的自由全面发展是个人追求的最高目标。西方人强调人性的自由，西方哲学家对人性和自由的研究更广泛、更深入。亚里士多德关于灵魂的学说构成了他的人性论，他认为人的灵魂由三个部分组成：植物灵魂（身体生理部分）、动物灵魂（本能、欲望、感情部分）、理性灵魂（思维、理解、判断部分）。他说人如果从善则"成为最优秀的动物"，而如果作恶则"堕落为最恶劣的动物"，因此，必须使人的身体、感情和理性三个方面（体、德、智）得到和谐的发展，以法律规定其权利（即自由），约束其放纵。英国哲学家洛克说"自由的状态，不是放纵的状态"，法国孟德斯鸠认为，自由就是服从法律，不是为所欲为。我国的道家也特别追求自由，但道家追求的是"个人的自由"，与西方追求的"自由精神"有很大的不同。不是像西方人那样积极向权威去争取自由，而是逃避权威以获得自由；不是积极征服自然以获得物质，而是顺应自然而求得和谐。道家追求的自由是一种"避世自由"或"忘世自由"，追求"自然无为"。庄子说"天地有大美而不言，四时有明法而不议，万物有成理而不说"，"天德而出宁，日月照而四时行，若昼夜之有经，云行而雨施矣",意思就是天地万物自有成规,一切都应遵循自然、顺应自然而不能违背其规律。在国家和社会治理上,道家提出了"无为而治""无为而无不为"的思想,老子说"治大国,若烹小鲜",意思是治理大的国家就像烹制小鱼一样,不能随便翻弄,不能瞎折腾。"无为而治"不是不治、不作为,而是要顺应自然、顺应规律、顺应民心。道家崇尚自然、尊重人性、按照人与自然的本来面貌立身处世,顺应时势、顺应民心、顺应自然规律和社会规律,力戒主观妄为、破坏自然、残害人性等理念是值得肯定的,这些思想对于人类更好地认识自然、社会和人生都具有现实的、积极的意义。

追求自由是人类的共同目标。无论是东方文明还是西方文明,都追求自由,对如何理解自由都有比较明确的界定。人类社会所追求的自由更多的是指思想的自由、心灵的自由、精神的自由,不是无法无天、恣意妄为、胡作非为,不是想干什么就干什么、想怎么干就怎么干,而是要尊重法律、尊重科学、遵循规律、顺应自然。这是人类社会几千年来从野蛮到文明,经过漫长探寻而得到的真理总结,是人类文明的智慧结晶、继世定律。

　　身心健康是人的自由全面全展的基础和保证。健康的体魄、健康的心理、健康的人格、健康的智力、健康的审美情趣等是对人的全面发展的普遍认同。美国心理学家戈尔曼指出，真正决定一个人成功与否的关键，是情商能力而不是智商能力。他所指的情商能力主要包括：对情绪的自我感觉和认知能力，妥善管理自己的情绪，及时摆脱焦虑、灰心与不安的能力，自我激励、克制冲动与延缓满足，保持热忱的能力，认知他人情绪，调整人际关系的能力，等等。由此可以看出，保持心理健康、人格健康，追求智商与情商的协调统一是身心健康的必然要求和关键所在，也是人生幸福的重要保证。

　　洪应明说："欲做精金美玉的人品，定从烈火中煅来；思立掀天揭地的事功，须向薄冰上履过。"能够控制情绪，控制欲望，克服惰性是成熟的标志。每个人都会有情绪，每个人都会有欲望，每个人都会有惰性，这是人性所共有的弱点，但要学会调节控制，理性处理。如果放任情绪，放纵欲望，将就惰性，就会使人性的弱点恶性扩张，无限蔓延，甚至失去理智，致人疯狂，轻则影响工作，影响学习，影响人际关系，重则毁其事业，毁其品性，毁其人生。

身心健康还包括心理的强大。有的人胆大妄为，无法无天，敢冒天下之大不韪，敢做违常理违常识违法纪的事，他们意识不到危害，感悟不到危险，不知道躲危险，不懂得避灾祸。宋代诗人邵雍讲："知行知止唯贤者，能屈能伸是丈夫。"这些人的行为不是心理强大，而是愚昧无知的"憨胆大"，是不识时务的愚蠢莽撞。而有的人又特别的胆小、缺乏自信和底气，见到陌生人害怕，见到领导害怕，甚至见到警察也害怕，在众人面前不敢说话，重大场合不敢发言，关键时刻不敢发表自己的意见、观点，遇到危险、碰到突发事件或紧急情况就慌了手脚、乱了方寸甚至精神崩溃。苏洵在《心术》中说："泰山崩于前而面不变色，麋鹿兴于左而目不瞬，然后可以制利害，可以待敌。"古人讲："临危稳如岳，握胜喜无惊。"孔圣人说："知者不惑，仁者不忧，勇者不惧。"范仲淹在《岳阳楼记》中写道："不以物喜，不以己悲。"这不是麻木不仁、"不识时务"，也不是"无知者无畏""初生牛犊不怕虎"，而是内心修养的境界，是心灵修炼的沉稳，是无私无畏的强大，是人格的健康完美，是人的自由全面发展的豁然境界。

做人、做事、做学问是人生都要面对的大课题，做人是基础，做事是关键，做学问是境界。三者相互联系、相辅相成，怎么做、做到什么程度，是个人把握的问题，正因为每个人的理解不同、实践不同、择重不同、奋斗不同才构成了百态人生、大千世界。

古人将人的进阶分为三个等级：与生俱来的叫聪明，自己学习的叫智慧，比智慧更高的是天机。从智慧到天机不仅仅是学习就能解决的，而要靠长久的修养历练。古人的修炼是"断其欲，穷其身，苦其志"。当今时代的人不需要苦行僧式的修养历练，只要在做人、做事、做学问上努力而为，就能无悔人生、俯仰无愧，就能率性坦荡、宁静致远，就能功德圆满、幸福一生。

后 记

我是一名退休军人，回顾自己的人生旅途，确实有许多感悟。高中毕业后就入伍参军，从一个懵懵懂懂的青少年成长为一名正师职退休干部，这其中有自己的青春、汗水、激情和不懈奋斗，而更多的是得益于军队这所"大学校"的磨砺锻造、得益于各级组织的培养教育、得益于各级领导的关心帮助、得益于各位战友的倾情支持。

一个刚出校门的农村娃娃来到部队，一切都是那么新奇、一切都是那么美好、一切都是激昂向上，我和许多新战友一样对部队充满了憧憬，浑身有使不完的劲。对部队生活中的各种教育、训练、管理、活动都充满了激情、充满了期待，即使再苦再累的训练、再严格再正规的管理、再艰苦的环境也无所畏惧，像初生的牛犊一样对什么都有一股跃跃欲试的劲。

火热的军营真是个"大学校""大熔炉"。聚则歌声嘹亮、杀声震天，威如龙吟虎啸、阵如钢铁长城；散则满营区的欢歌笑语、满运动场的龙腾虎跃、满屋子的书声朗朗；动则风驰电掣；息则万籁俱寂。军营里，到处都是热血青春、到处昂扬朝气、到处都是雄强奋进、到处洋溢豪迈激越、到处是兄弟般的浓浓情怀，让人每每想起都会不由自主地为之震撼、感动、激动。经过这个"大学校""大熔炉"的锻造，柔弱者能够变得坚毅刚强，怯懦者能够变得勇敢果决，沉郁者能够变得开朗敞亮，无知者能够变得知书达理，性野者能够变得懂礼守纪，散漫者能够变得严谨细致，自私者也甘愿无私奉献。

在军队这所"大学校""大熔炉"的培养锻造下，我们初步形成了人生最重要的世界观、价值观、人生观，我们学到了人生最宝贵的奋斗精神、意志品德、法纪观念，锤炼了我们敢于胜利、勇于拼搏、克服困难的品格，开阔了我们的思维视野、胸襟气度、眼光胆识，培养了我们的集体观念、包容奋进、团结协作精神。对于我们这些十七八岁刚刚走出校门踏入社会的青年来说，军营锻炼的意义是非常重大的。

入伍的第二年我参加了军校招生考试，如愿考上了"南京第一地面炮兵学校"（我是炮兵连战士），从此，我与炮兵结下了缘。军校是我走向成熟的摇篮，也是无数有志青年向往的"圣地"，更是我们走向成长成才的"龙门"。

军校毕业后，我被分回到了原大单位驻四川峨眉山的炮兵团担任排长（1985年部队整编移防到邛崃市）。我以满腔的激情倾尽所学所能履职尽责，与战士们一起摸爬滚打、风餐露宿，与战友们一起挥汗比拼、争当标兵，与战友们一起互诉喜怒哀乐、倾情欢歌笑语。通过排长岗位的实践锻炼，我最大的收获是：知兵心、解兵意、懂兵情、明兵义。我最深刻的感悟是：兵是最重情重义的，兵是最无私无畏的，兵是最不受欺侮欺骗的。

担任了一年多的排长后我被调到机关当参谋，一年多后我又被调到连队担任连长。

连长和团长这两个岗位是我最为热爱、体会最深，得到锻炼、提高最大的岗位,这也是我军官成长道路上两个最为关键的岗位。不仅仅因为是主官岗位,更是因为管事最多、责任最大、官兵联系最为紧密、工作最为独立的岗位,所作所为、所喜所怒、所思所想官兵都能看在眼里、记在心里。不仅要对单位全面建设的组织领导、训练演习、安全管理、驾驭掌控、教育引导、正规秩序、各种保障等进行全面谋划、全面落实,还要对官兵的吃喝拉撒、走打住用、成长进步等考虑周全、安排细致。所以,对组织领导、驾驭掌控、模范带头、贯彻执行、自身素质、人品官德等要求很高、很全,否则,官兵就不一定能够心服口服、一呼百应、指哪打哪、令行禁止。

我在两个连队连长的岗位上工作了四年,刚去第一个连队(一连)报到的第三天(1987年9月17日),团里召开"三位一体"(部队、社会、家庭共同做战士的思想教育)工作会议(全体干部参加),我因才从团里下来就没有参加会议,留在连队主持工作。下午三点,我正在组织打扫卫生,猛然发现二营车炮场值班室起火,立即吹哨救火并提着水桶带头冲向火场。当我冲进火场时已有十几名各单位的战士到达,我大喊"推车",几十名战士硬生生把大解放牵引车从车库抬出了两三台。此过程中,有人喊"上房蹬瓦",看到有十几个人已上房时,我朝房上的人大喊"散开!"仍有几十名战士奋不顾身地往房上爬,我担心房上木板承受不了,拼命喊"不准上了!"此时值班室的火势已很大(里面放有汽油),突然有人喊"房里有人!"我冲向门口张开双臂挡住并大喊:"谁也不许进!"(我是现场最大指挥官,我担心有人进去就会被困在里面)话刚说完,只见一个战士往头上浇了一盆水猛然从我胳膊下面钻了进去(后来才知道是汽车连班长,贵州人徐志刚),此时,几百双眼睛盯着我,我突然感到不进去就是怕死。我猛吸了两口气低身冲了进去,里面烟雾弥漫,约1米以下看得见(上面全是烟雾)。冲到房间最里面时看到刚才从我胳膊下钻进去的那个战士抱着一个人(衣服已烧光,身上已无一根毛发)往外拖,我赶紧上前抓住伤员的两腿,但手一碰到他的腿就被烫得发疼,我不敢呼吸、不敢换手,忍痛把人抬出来放在地上时我几乎瘫倒了。这时又听到有人喊:"里面还有一个!"我看到徐志刚又往火场里冲,我再次冲入火海和他一起把另一人也抬了出来。此时,火势已基本得到控制,我瘫坐在地上,一会儿之后感到手痛得厉害,一看才发现左手中指和无名指最上面一节的皮已烫脱堆在了指尖上。过了一会儿,团长赶到了火场,我向团长简要报告了一下情况后说手受伤了,团长让他的驾驶员把我送到卫生队,卫生队说要送野战78医院做植皮手术。到医院后医生说把皮剪了处理处理伤口就行,皮能自己长出来,所以,在医院住了一周后我就回到了连队。

回到连队才三天,团里周政委到我们连队来谈话,说要调我到六连当连长(火灾事故是六连战士违纪倒汽油造成的,六连连长、副连长、排长三人已撤职)。于是,中秋节当天的下午我就到六连任职了。

到六连我才发现,这个连队确实管理混乱、人心涣散,不服管理的现象比较突出,全团武汉兵、绵阳兵这两个常常大打群架的"头头"都在六连。

到六连后,首先,我和张绍明指导员及其他干部紧密配合,很快便形成了坚强的领导集体。我们从严抓一日生活制度开始,对事不对人,先讲清道理、讲明规矩，任何人违反都坚决处理；其次，我们从履职尽责入手，谁不坚持原则、不认真履职都坚决处理，同时，尽全力给连队干部、骨干撑腰打气，让他们有职有责有权、有威望有荣誉；再次，树典型、正风气，坚决打击违章违纪等歪风邪气，大力营造集体荣誉感；再后，提高工作标准，不断提升连队建设水平。期间，也发生了不少棘手的问题。最深刻的有两件：一件是一名藏族战士周某某在城里买烟（一条红梅）不给钱就跑，被团里查出后通知我去领人，带回后处以关一周禁闭、行政严重警告处分，在全连军人大会上做深刻检查并让其给我当通信员，我明确告诉他：发现一个问题就严肃处理一次。之后，该同志改变很大、表现很好，两个多月后的一天他请假外出，考虑他已改正就批准外出半天。返回时在公共汽车上，他看到有不法团伙用橡皮圈套铅笔骗人赌博并赢了很多钱，他抽出身上带的藏刀抵住拿钱的那个人，让其把钱交给他，对方被迫交了。公共汽车直接开到了名山区百丈派出所，团里再次通知我去领人。回连队后我们更严厉地处理了该同志，后来他确实改正了，表现不错，之后退伍了。另一件是一名战士严重违纪，加之平常干了不少坏事，实在管不好了，后被团里送去劳教了两年。

有人会觉得怎么会有这样的兵呢？其实，兵来自于社会，军营不是"真空"，兵带好了、管好了，非常可爱、非常可敬；管不好、带不好、管不住，则非常可怕、非常可恨。当时恰逢武装部刚移交地方，有些地方对征兵工作不负责任，有的把父母管不了、社会管不住甚至一些违法犯罪的人都送到了部队。绝大多数人到部队后都在部队大环境的教育影响下变好了，也有极个别的人冥顽不化、不可救药，给部队惹了不少乱子，坏了部队的声誉。

我当了近四年的连长，连队的风气、秩序、纪律等很快正规了起来，连队的军事训练、政治教育、后勤保障等工作越来越顺，连队的集体荣誉感、精神风貌、战斗作风等越来越强，干部、骨干队伍的作用发挥、各项工作的标准、全面建设的水平等越来越好。连队形成了团结奋进、昂扬向上、"比、学、赶、帮、超"的浓厚氛围，许多工作走在了团里的前列，一些过去的"刺头兵"转化成了训练、管理的尖子、骨干，凡是考核、比赛、评比的项目在团里都拿到了名次，连一些我认为不强的专业、项目都出乎意料地拿了名次，连队年年被上级表彰为"先进连队"或"标兵连队"。

连队几名干部全部身心放在了连队建设上，四年中除了家属生孩子休了一个月假以外我都在连队。连队风气越来越正，官兵情谊越来越浓。我们所有干部都做到了：不拿连队一根葱、不占连队一分利、不收战士一分钱。官兵立功受奖、考学提干完全靠工作、靠素质、靠品德、靠贡献，全团19个连队两年提干13人，我们连队就提了6人，另有4人考上了军校。

连长岗位是我用情最深、成就感最强的一个岗位。三十年过去了，六连的兵大多数发展得很好，有农民、有工人、有企业家、有律师、有法官、有公安干警、有公务员、有党政机关领导干部等，许多战士至今还与我保持着紧密联系，大家都十分珍惜在连队结下的深厚情谊。

后来，我先后担任了股长、营长、科长、团长、军分区参谋长、内江和宜宾军分区司令员、省军区副参谋长等职。在每一个岗位上我都严格要求、尽职尽责。

我担任团长职务近 8 年，几乎年年参加重大演习、年年接受上级考核，每年野外驻训少则两个月，多则半年。所在团多次被师、集团军、军区表彰为"全面建设先进单位"。2001 年，军区司令员带机关在团里蹲点一周，首长和机关天天与部队同吃、同住、同训，首长对团里的讲评是："六好一强一扎实。"六好是：党委班子好（是上级党委放心，下级信赖的好班子……）、干部队伍好、骨干作用好、部队风气好、规章制度落实好、军政军民关系好；一强是：党委班子的凝聚力、战斗力强；一扎实是：现实军事斗争准备工作扎实。军区机关与首长同行的同志跟我们说：这样的评价是很高的。

在团长岗位上，我最引以为豪的是：建设了一个好营区、带出了一个好单位。

我们团原驻地非常分散，分四大片区，十三个营院坐落，尤其是城里有两个营，进出机动十分不便，训练杀声震天也很扰民，因此，我们提出了搬迁。得到军区批准后，地方政府也很支持。经反复协商后将城里 81.6 亩地以 40 万元一亩打包给邛崃市政府，筹到资金

3264万元,军区从家底经费中支持1000万元(军区从家底经费中拿这么多钱支持一个团的营房建设属破例),另有新组建五营配套经费1250万元,共筹集到资金5514万元。最初征地460亩,一亩4万元,共1840万元。2002年要用余下的3674万元建一个团(2000余人,7万多平方米建筑)的营房及所有的配套设施、营产营具,这是天方夜谭。军区后勤部、营房部领导与我们反复研究后要求我们先动工,不搞具体预算,将已筹经费作大致划分(如场地平整70万元、围墙50万元、大门30万元等)。以军区招标站为主,由军区、集团军、师、团四级联合组织招标,招标后我们觉得价格高了(招标是按照当年国家、省、市认定的参考价格),所以,我们提出每平方米降200元,中标单位反应强烈,有人说我们违反国家招标法,要起诉我们。我们顶着压力,最后全部降了下来(我们给中标单位开会讲:我们做了市场调查,只要加强管理,不浪费、不返工、不窝工,是不会亏本的,只是利润很低;只要不亏本,确保质量,就当作是为部队建设做贡献,为企业创品牌)。有的干到中途退出了,我们按照招标排序,第一家不干由第二家干，第二家不干由第三家干。水泥也节省了不少钱，因为我们是大客户，一开始我们就与水泥厂签订合同：当时价格是自己装卸、自己运输每吨230元，而我们是厂家直接送到工地并负责卸载每吨222元。后来水泥涨到每吨330元，但我们还是按原签订的合同执行。

建设过程中，我们从每个连队抽出五名战士、机关各部和每个营抽出一名干部组成两个施工连，专门负责验收材料、质量监督、工序监督，无论进场什么材料、每一个施工环节都必须经他们验收、登记、签字后才能使用和进行下一环节作业，否则必须重来，这确保了工程质量的可靠性。为了节省经费，能军工自己干的尽量自己干，周末几乎都是全团施工（从团长到战士人人参与，真是苦了那几年的官兵了！）。全团上下开展了"节约一分钱、节约一滴水、节约一度电、节约一粒米、节约一张纸"的活动，团里不准在外面搞接待、不准在外买一瓶酒（有接待时喝师里农场生产的酒），所节约的训练费、公杂费、伙食费等等全部用在营区建设上。所有团领导和参与工程建设、管理的人员坚持原则标准，干干净净、不吃回扣。全部工程完成后，经过各级的严格检查、严格审计，没有一项违反财经纪律，没有一项违反程序规范，没有一个同志犯错误受处分。

　　由于经费缺口太大（各级机关是非常清楚的），团里实在无力筹措。军区首长听说超经费后，要三级机关联合组织对我们的建设进行审查，批评我们胆大妄为、无法无天，改图纸、超经费、超标准、超面积。我们非常理解首长的批评是为了帮助我们解决经费缺口，但我们确实也很委屈。改图纸：军区设计院按总部标准设计，但我们认为现代营区应该不仅仅满足住、用，还应该具备学习、训练、生活、娱乐、信息化等功能，因此，经过反复协商，设计规划做了许多调整；超经费（超预算）：本身经费不足而且根本就没有预算，我们已做了最大限度的节省；超标准：有的是上级首长、机关提出来的，有的是我们提出来的，但都是现代营区应该具备的条件，从对发展负责任的角度来说都是应该超的；超面积：当时的营建标准是20世纪60年代制定的，现代营区不可能再全团一个大澡堂，我们是每个连队建一个，用天然气能随时洗澡。新营区必须要有红蓝军对抗室、团史馆，连队有计算机室等，过去的标准就没有，是不得不超的。

新营区建成后被总后勤部、成都军区表彰为"优质工程"，我本人也被表彰为"营房建设先进个人"。当时总后营房部张局长率工作组检查后说了"三个想不到"：一是一个团级单位有这样的建设理念想不到；二是有这样的建设标准想不到；三是这么点经费能建成这样想不到。当时，总部和军区机关同志说，我们的新营区是全军一流、西南最好的营区。新营区最后审计经费是8900余万元（许多房地产商估算投资应该在2亿至3亿元），并且新营区经历了汶川大地震的考验，现在依然完好无损。

在炮团的生活是我军旅生活中最重要、最关键、最深情的一段历程。前后工作了19个年头，在团长岗位就将近8年，陪同了四位政委和两位代理政委。我倾注了青春、激情、心血和汗水，这个过程也记录了我无数的憧憬、激动、感动、欢笑、惊喜、焦虑、苦闷和惆怅。我对团里的一草一木都充满着感情，死了棵树我都会不高兴；每一位官兵我都觉得是那么可爱，看到他们太苦太累我会心痛。1999年10月全团在越西县烂塘坝驻训，实弹演习的头天晚上，浓雾大到"伸手不见指"，还下着小雨雪，气温接近零度。官兵都进入阵地隐蔽，警戒人员、侦察兵、通信兵等都已就位。凌晨一点我去检查，车已无法开动（开始我和参谋下车拿手电沿路两边走，驾驶员看着我们的手电灯光才能走，后来实在不行就走路检查），所到之处，每一个战士都坚守在岗位（几百米才有一个人），我担心他们冻着，又担心野兽出没。但每一个战士都有一股子英雄气概，都坚毅地说："不怕！请团长放心！"第二天早上我看到有战士扛着柴火往山上跑，我问是干什么，他们说指导员安排给通信兵送去烤衣服。我当时感动得泪流满面，为有这样的官兵情谊感动、为有这样的好干部好兵感动。现在想起来依然情不自禁地落泪。第二天撤出阵地时，车、炮全部陷入烂泥中，请装甲团的绞盘车帮助拖车，结果拳头粗的钢绳都拖断了几根还是不行。最后是官兵肩扛手抬一车一炮地抬了出来，场面惊心动魄，险情不断，事故随时可能发生，但从团领导、营连长到每一名战士都奋不顾身，许多人钻到车、炮下面肩扛头顶，我非常担心会压伤人、出事故，直到全部撤出我才松了一口气。看到有的单位、有的干部工作标准过高、要求过严时我会说："标准不能太高、要求不能过严，符合上级要求、落实规章制度就行，不可能人人考优秀、项项拿第一。"与我共事的班子成员都很尽责很主动很能干，都有职有权有很高威望，他们对我也很支持很体谅；各级干部都很努力很尽心，对我也特别支持。有时候我批评错了、批评过了，官兵们都默默听着、毫无怨言。部队的训练、管理、教育、保障等几乎不要我过多操心，只需提出目标、要求，重要环节把把关、末端检查指导即可，所以有人说我像个"顾问"。部队训练严格、管理正规、官兵昂扬向上、风气也很好，各方面的工作推进都很扎实、很有效。我任职近8年，全团没有发生一起案件、没有发生一起责任事故、没有发生过有严重影响的违章违纪事件、没有收到过一封对团里的告状信、没有一名官兵受过记过以上的处分。

虽然工作取得了一些成绩，但营房建设缺钱却让人很头疼，加之我本人任职时间长了，看着同时期任职甚至比我晚任职的同志都提升了，心里还是比较失落的。

第七年之后，我时常会感到忧虑彷徨，是工作没干好吗？是上级不信任吗？是得罪谁了吗？找不到答案。随着任职时间的延伸我越来越没有自信，挫败感越来越强。有时会烦恼、有时会忧虑、有时会有莫名的怨气。我不是官迷，不是非要当个什么官，就想求个待遇公平、求个组织认可、求给部队官兵一个交代。后来在组织公正的考核和领导的关怀下，在提职机会很少、不跑不送的情况下，我得到了提升。

部队工作几十年来，我一直强调能力素质、工作业绩、学习精神的重要性，可以说走到哪说到哪，至今我依然觉得是对的。不仅我本人受益匪浅，而且用这样的理念培养出了不少人才。我看到许多领导以及部下，凡是事业发展得很好的无一不是这方面的典型。能力素质越强、工作业绩越出色、学习精神越好，事业之路就走得越远、发展得越好，人生也就越精彩。

我一直认为，人应该有敬畏有底线、有方向有追求、有理想有信念。有的人听不进去，认为这些话是虚的、是骗人的、是用来教育别人的、是空洞的"大道理"，而我觉得是真的、是实的、是对自己有好处的。

许多东西看似很空、很大、很远，其实真的很实在、很具体、离我们很近。比如：路线方针政策，这是我们干工作做事业的导航系统，因为它是时代的潮流、是社会的走向、是发展的趋势。孙中山先生讲："世界潮流，浩浩荡荡。顺之者昌，逆之者亡。"任何人要干好事创好业都不可能"逆流而动"，若那样干就叫"背时"（违背时势），就是"背道而驰"，是不会有好结果的。再比如：法律是保证我们平安的警戒线、高压线，也可以说是我们的安全网、保护神，任何国家、任何制度、任何时代都是谁碰线谁倒霉，谁碰都会头破血流，谁碰都是自取灭亡。又比如：信仰信念，这是一个人的生存价值、精神境界、生命意义的灵魂，如果没有它，不就和没有思想的动物没有区别了吗？又怎么领悟人生意义的美妙呢？还比如：世界观、价值观、人生观，既是哲学概念、哲学范畴，也是我们认识世界、看待世界的"坐标系"，不同的世界观、价值观、人生观有不同的参照系或不同的标准答案，看待世界看待事物的角度就不同、结论就不同、答案就不同。如果三观不对就会出现这种情况：对的会认为是错的、错的以为是对的，而且还会固执己见、自以为是。所以，这些"大道理"其实是离我们很近的"真道理"！一些人不相信这些"大道理"，我觉得不是因为这些"大道理"虚无缥缈，而是这些人缺乏这样的认识水平、思维层次，缺乏这样的思想境界、精神境界，最终是会吃苦头的。

近几年，由于军队少数领导干部的腐败问题给军队和军人造成了许多负面影响，严重损害了军队声誉、破坏了军队形象。军队不是真空，确实有些腐败分子让人痛恨、让官兵失望，他们为了私利、为了权欲坏了军规军纪、坏了军队政治生态、伤害了官兵的感情。但95%以上的官兵是值得信赖的，他们对党忠诚、对国家和人民忠诚、对军队事业忠诚。有许许多多的官兵，他们默默无闻、无私奉献、激越奋进，每天都在谱写着让人感动震撼、让人刻骨铭心、让人动情动容的故事，时时刻刻都在用青春、用热血、用忠诚甚至用生命捍卫着祖国的和平与安宁。

我的军旅生涯中，在每一个岗位上都与许许多多的官兵结下了深厚的友情，在他们身上发生过许许多多可歌可泣、感人肺腑的故事，从他们的身上我学到了许多做人的道理、做事的态度、做学问的品质，这是我一生的荣幸、一生的骄傲、一生的财富。

人生的路怎么走？对于每一个年轻人来说都是大课题、大难题，人生道路上有许多事是无法预知的、许多情况是千变万化的、许多问题也是自己无法把握掌控的，个人所处的时代和环境、所面临的机遇和困难、所拥有的资源和禀赋等都各不相同，所以，我所谈的"探路"只是我个人几十年来所经历的事、所走过的路、所学习到的和从别人身上所受到的启迪和感悟，纯粹一人之言。但愿能给人以万一的启发、借鉴和帮助。

《探路人生》是我的真实感受、真实体悟，是对我所接触过的首长、领导、部属、战友的身上蕴藏着的或是展现出来的品质的总结。我只是做了些归纳、做了些提炼，从做人、做事、学习实践的角度反映出来。如有不妥，请我的领导、战友们及读者朋友们批评指正。

叶文培
2018年3月于成都